천재 셰프 회귀하다 9

2024년 8월 13일 초판 1쇄 인쇄
2024년 8월 19일 초판 1쇄 발행

지은이 신사
발행인 김관영

기획 박경무 강민구 임동관 조익현 최시준 신정윤
책임편집 백승미
마케팅지원 유형일 장민정

발행처 (주)로크미디어
출판등록 2003년 3월 24일
주소 서울시 마포구 마포대로 45 일진빌딩 6층
Tel (02)3273-5135 Fax (02)3273-5134
홈페이지 rokmedia.com **E-mail** rokmedia@empas.com

© 신사, 2024

값 9,000원

ISBN 979-11-408-2153-2 (9권)
ISBN 979-11-408-2144-0 04810 (세트)

이 책의 모든 내용에 대한 편집권은 저자와의 계약에 의해
(주)로크미디어에 있으므로 무단 복제, 수정, 배포 행위를 금합니다.

작가와의 협의에 의해 인지는 생략합니다.
잘못된 책은 구입처에서 바꾸어 드립니다.

Contents

불운한 손님 (2)

　남자에게 말을 하고 다음 날 밀 하우스는 평소보다 10분 일찍 영업을 마감했다.

　손님과 한 약속도 있고. 새로운 요리를 하기 위해선 재료 손질이 필수였기 때문이었다.

　마지막 손님이 자리를 비운 것을 본 도진은 냉장고에서 런치 타임이 끝나고 시장에 가서 사 온 재료들을 주섬주섬 꺼냈다.

　재희는 도진에게 가게에 있는 재료들을 써도 된다 말했으나.

　이번에 만든 이벤트는 자신이 기획한 것이었고.

　독단적으로 벌인 이벤트에 들어가는 비용을 밀 하우스에

지우는 것은 도리가 아니라고 생각했기 때문이었다.

탁탁탁!

시끌벅적한 손님들이 사라지고 난 밀 하우스에는 정적이 찾아왔다.

들리는 것은 주방에서 재료를 손질하는 재희와 도진의 칼질 소리뿐.

사연을 들은 한나도 일을 도와주겠노라 홀에 남아 휴대폰을 뒤적일 뿐이었다.

주방에서 일을 하는 재희와 도진 사이에는 침묵이 흐르고 있었다.

"근데 도진아."

먼저 침묵을 깬 것은 재희였다.

그는 손질이 끝난 파슬리를 준비한 플라스틱 통으로 옮겨 담으며 입을 열었다.

"응, 왜?"

"왜 이렇게까지 그 손님에게 신경 쓰는 거야?"

재희의 질문에 도진이 잠시 침묵했다.

그러곤 머릿속으로 내용을 정리하곤 입을 열었다.

"그냥. 왠지 남 일 같지 않아서."

"응? 너 주변에도 그런 사람이 있었어?"

"아니. 이건 내 얘기인데."

도진이 과거를 회상했다.

전생의 도진은 썩 좋은 삶을 살아오진 않았다.

예술을 배우는 학도가 1년에 사용하는 금액을 아는가?

정말 알뜰하게 아끼면 수백에서 많으면 수천이다.

도진의 집은 그런 도진을 지원할 만한 상황이 아니었다.

때문에 도진은 부모님의 지원 없이 혼자서 일을 해 그 금액을 충당해 나갔다.

그를 돕고 싶다는 것은 그런 자신의 경험이 있기 때문일 거다.

'부모의 입장에선 스스로를 자책할 수도 있는 일이니까.'

물론 모든 부모가 그렇지는 않겠으나.

뭐라도 더 해 주고 싶은 게 부모 마음이다.

그런데 자식을 지원할 능력이나 형편이 되지 않아 아들이나 딸이 고생해 해외로 나간다면 어떤 마음이겠는가.

힘들 거다. 정말 괜찮다는 자식의 이야기가 들어오지 않을 거다.

그저, 자신의 잘못이라고 자책하겠지.

남자를 돕는 이유는 이런 삶을 살아 봤기 때문이다.

자신이 해외로 나가 요리를 배웠을 때의 부모님의 얼굴이 조금 보였기 때문에.

도진은 이런 자신의 이야기에서 회귀를 제외한 나머지 부분을 적당히 둘러서 재희에게 설명했다.

그것을 들은 재희는 잠시 말이 없더니.

"이 녀석."

"아, 형!"

이내 도진의 머리카락을 마구 헝클어뜨린다.

도진은 갑작스러운 재희의 모습에 당황한 채 몸을 피했다.

"갑자기 왜 그래?"

"그냥."

재희는 알 수 없는 표정으로 미소를 지어 보였다.

그러고는 도진에게서 시선을 떼, 홀에 있는 한나를 바라보았다.

한나는 도진의 이야기를 듣고 어딘지 어두운 표정을 짓고 있었다.

'무슨 일이 있는 건가.'

모르겠다. 한나랑 대화를 제법 해 보긴 했으나, 그녀가 자신의 과거에 대해 이야기를 한 적이 없었으니까.

그리고 그것을 굳이 물어볼 이유도 없었다.

때가 되면 알려 주겠지.

그렇게 생각하며 재료 손질에 박차를 가하고 있을 때였다.

딸랑-

밀 하우스의 문이 열린다.

그리고 그 문을 연 사람은 어두운 표정을 짓고 있던 손님이었다.

손님이 온 것을 확인한 도진은 재료를 손질하던 것을 멈추곤 자리에서 일어났다.

"안녕하세요. 밀 하우스입니다."

도진의 인사에 남자는 고개를 숙여 가볍게 인사하곤, 한나의 안내를 받아 카운터석에 앉았다.

도진은 그런 그에게 메뉴판을 건네주었다.

남자는 메뉴판을 훑어보더니.

"이게 뭡니까?"

의아하다는 표정을 지으며 메뉴판을 내려놓는다.

메뉴판에는 오직 한 가지의 메뉴만이 적혀 있었다.

당신의 추억을 요리해 드립니다.

추억을 요리한다.

다소 난해한 이 메뉴가 바로 도진이 준비한 이벤트였다.

도진은 빙긋 웃어 보이고는, 그에게 룰에 대해 설명해 주기 시작했다.

"말 그대로입니다. 손님께서 추억에 그리는 음식에 대한 설명을 적어 저희에게 주시면 저희가 그것을 만들어 드리는 거죠."

"가격은요?"

"없습니다. 이건 저희가 준비한 이벤트고, 당연히 요금은 저희가 부담합니다."

정확히 말하면 도진이 부담할 예정이었다.

어차피 밀 하우스에서 일하며 받은 월급들은 따로 쓸데가 없어서 일단은 묵혀 두고 있는 상황이다.

그런 상황 속에서 다른 사람의 행복을 위해 조금 꺼내 쓰는 것이라면 제법 괜찮은 용도 아니겠는가.

원래라면 이익을 추구해야 할 식당이 자신만을 위해 이런 이벤트를 꾸렸다는 것이 영 의심스러웠는지, 손님이 도진과 재희를 번갈아본다.

재희는 그저 웃으면서 그를 바라볼 뿐이었다.

정말 괜찮으니 원하는 것을 말해 보라는 양.

"정말 돈을 받지 않아도 됩니까?"

"네. 정말 저희가 준비한 이벤트니, 부담 가지지 말고 원하시는 것을 앞에 놓인 쪽지에 적어 주세요."

도진이 고개를 끄덕이며 말하자, 남자는 잠시 생각에 잠기는 듯했다.

그러고는 펜을 집어 들더니, 쪽지에 무엇인가를 적어 내려 갔다.

도진은 그런 남자의 모습을 잠시 바라보았다.

이건, 그를 위해 해 줄 수 있는 도진의 최선이었다.

그와 함께 살아 본 것도 아니고, 추억을 공유할 만큼 친하지도 않다.

얼굴만 아는 사이.

딱 그 정도가 남자와 도진 사이를 증명할 수 있는 말이었다.

그런 관계 속 도진이 해 줄 수 있는 것은 많지 않다.

그나마 요리사로서, 남자를 위해 해 줄 수 있는 것이라면 역시 음식을 만들어 주는 게 최선이겠지.

"초리조를 넣은 라자냐와 레몬즙을 넣은 애플파이라. 생각보다 비싼 것들은 아니네요. 혹시 어떤 사연이 있는지 들을 수 있겠습니까?"

쪽지에 적힌 것을 읽은 도진이 남자를 향해 시선을 옮긴다.

남자는 고개를 한번 끄덕이곤 제 말을 이었다.

"내 아내가 만들어 주었던 요리입니다. 저는 아내가 만든 음식 중에서 라자냐를 가장 좋아했고, 딸아이는 애플파이를 좋아했죠."

그는 다시금 추억에 잠긴 표정이었다.

가족과 함께 있던 시간을 떠올리는 걸까.

도진은 고개를 끄덕이면서 남자가 준 쪽지를 매만졌다.

"조금 더 그때의 맛을 구체적으로 적어 주셔도 됩니다. 최대한 추억 속의 맛을 떠올려 주시면 그것에 맞게 요리해 드리겠습니다."

"자세히라…….."

쪽지를 돌려받은 남자가 잠시 고민에 빠진다.

더듬더듬 자신의 혀가 기억하는 맛을 되새기고는 그것을 쪽지에 추가적으로 적어 내려갔다.

"매콤한 향과 감칠맛이 대단한 초리조 라자냐와 달큰하면서도 상큼한 맛이 나는 애플파이 주문해 주셨습니다. 맞으신가요?"

"네."

남자가 적은 것은 그리 많지 않았다.

그저 혀에 남은 한 줌 기억을 더듬어 부연 설명을 한 게 전부다.

비록 그게 썩 자세하지 않고 추상적이긴 하지만.

"금방 만들어 드리겠습니다."

도진은 괜찮다는 듯 미소를 지으며 고개를 끄덕였다.

그러곤 쪽지를 들고 주방으로 향했다.

남자가 기억하는 추억의 잔재를 재현하기 위해서.

"왔어?"

"응. 여기 쪽지."

도진이 재희에게 남자가 적은 쪽지를 건넸다.

쪽지를 건네받은 재희는 그것을 읽어 내려가더니.

"정말 이것만 보고 만들게?"

천재셰프
회귀하다

어이가 없다는 표정을 지으며 반문했다.

남자가 준 쪽지는 정말로 추상적이다.

어떤 재료가 들어갔고, 어떤 맛이나 향이 두드러지게 표현되었는지 알 방법이 없다.

도진이 고개를 끄덕인다.

"응. 적어도 지금 기억나는 건 이게 전부라고 하니까. 어떻게든 해 봐야지."

"으음…… 그래도 조금 더 구체적인 정보가 필요할 텐데."

재희가 걱정하는 부분을 도진이 모르진 않았다.

매운맛의 음식을 달라고 하면 불닭이라든지, 라면이라든지 여러 가지 음식이 있다.

남자가 적은 것도 마찬가지다.

매콤한 맛이라 하면 초리조가 가지고 있는 매콤함이 될 수 있고, 고추를 이용해 매콤한 맛을 낼 수 있다.

즉, 메뉴를 주문했어도 완벽한 추억을 재현하는 것은 어렵다는 것.

도진은 슬쩍, 고개를 돌려 한나를 바라보았다.

"한나."

"응?"

"혹시 손님이 지금까지 밀 하우스를 방문하면서 음식을 먹었을 때 특징 같은 거 생각나는 거 있어?"

"특징?"

한나가 어리둥절한 표정을 짓는다.

그녀가 일을 도와주겠다 했을 때 도진은 속으로 쾌거를 불렀다.

도진이 손님을 본 것은 그리 길지 않다.

하지만 한나라면 이야기가 달라진다.

그가 자주 왔다고 했으니, 손님의 식성이라든가 좋아하는 음식 취향에 대해선 빠삭하게 알 테니까.

한나는 잠시 고민하는가 싶더니, 마저 입을 열었다.

"매운 것을 잘 먹는 것은 아닌 것 같아. 전에 짬뽕을 시킨 적 있었는데, 처음엔 맵다고 말했고 그 이후로는 잘 주문을 안 하거든."

"그리고?"

"딸이랑도 온 적이 있었는데 그때는……."

한나가 자신이 알고 있는 남자에 대한 정보를 하나둘 알려 주기 시작했다.

그리고 동시에 도진의 머릿속으로 음식을 어떤 식으로 만들어야 할지 윤곽이 잡혀 갔다.

"이상이야."

"고마워, 한나."

"뭘."

한나가 별것 아니었다는 듯, 어깨를 한번 으쓱이고는 발걸음을 옮겨 홀로 향한다.

그것을 본 도진은 재희를 바라보며 입을 열었다.

"재희 형."

"그래. 나도 대충 감 잡았어. 라자냐는 따로 페퍼론치노나 칠리 없이 초리조로 매콤함 뽑아내서 만들고, 애플파이는 원래 만드는 것보다 설탕 조금 더. 맞지?"

재희가 씩 웃으며 묻는다.

아무래도 한나의 이야기를 들으며 음식을 스케치한 것은 도진만은 아닌 것 같다.

도진이 고개를 끄덕이면서 답했다.

"응. 밀 하우스에서 판매되는 짬뽕의 맵기를 생각하면 아마 초리조의 매콤함으로 충분히 라자냐의 매콤함을 주는 것은 충분할 것 같고. 애플파이는 설탕 30그램 정도만 더 넣자."

"그런 구체적인 것까지 생각한 거야?"

"응. 아마 레몬을 넣었음에도 달콤하다는 평을 남겼을 정도면 너무 과하지 않은 선에서 달콤한 맛을 냈을 테니까."

추억의 맛은 공유할 수 없다.

사람들의 입맛이 다른 만큼, 과거의 맛을 똑같이 가져다줄 순 없는 법이니까.

하지만 흉내 정도라면…….

할 수 있다.

전생과 현생을 통틀어 요리했던 모든 경험들이 말해 주고 있으니까.

"자, 그럼 요리 시작할까, 재희 형?"

"좋지. 라자냐부터 가자."

"알았어."

고개를 끄덕인 도진이 이내 화구를 향해 발걸음을 옮긴다.

그러고는 라자냐의 핵심이라 부를 수 있는 라구소스를 꺼
내 들었다.

원래 정석 레시피대로 만든다면 시간이 많이 걸리겠지
만······.

'가정에서 그 모든 과정을 거치진 않았을 테니까.'

도진이 꺼낸 것은 시판용 라구소스였다.

물론 직접 만들 수도 있었지만.

그렇게 되면 시간이 너무 많이 걸리기도 하고, 무엇보다
가정에서 만들었다는 점을 생각한다면 가격면에서도 시간
면에서도 시판 제품을 쓴 게 맞을 거다.

도진은 라구소스를 꺼내 달궈진 팬에 집어넣고는, 얇게 썬
초리조와 함께 들들 볶았다.

아주 약불로 초리조의 맛과 향이 라구소스에 전부 담길 수
있게.

'그사이에 라자냐 면을 준비한다.'

도진은 빠르게 손을 움직여 다른 팬을 집어 들었다.

초리조의 맛이 라구소스에 담기기 위해서는 시간이 필요

하다.

　시간을 낭비하지 않고 손님께 나가는 시간을 단축하기 위해선 이런 방식이 필수다.

　라자냐 면을 냄비에 집어넣은 도진은 라구소스에 집중하다가, 면을 꺼내 네모난 곽에 집어넣었다.

　라자냐를 만드는 과정 자체는 간단하다.

　면과 라구소스, 치즈를 번갈아 가며 쌓으면 되니까.

　'이 정도면 딱 괜찮네.'

　그러는 한편 라구소스를 맛본 도진이 미소를 짓는다.

　너무 맵지 않으면서 적당히 매콤한 게, 아마 손님이 말한 매콤함이 맞는 것 같다.

　도진은 완성된 라구소스를 라자냐 면 위에 올리고 다시 면으로 덮었다.

　크레이프 케이크처럼 한 겹 한 겹 쌓아 올라가는 라자냐.

　마침내 마지막까지 쌓은 도진은 그것을 오븐에 집어넣었다.

　라자냐의 마지막 과정이었다.

　'10분이면 되겠지.'

　라자냐의 오븐 온도와 시간을 설정한 도진이 잠시 오븐에서 맛있게 익어 가는 라자냐를 바라보았다.

　부디, 이 라자냐가 그에게 다시금 즐거웠던 추억을 떠올리게 만들어 주면 좋겠다는 생각을 품은 채.

라자냐를 해결한 도진은 바로 애플파이로 발걸음을 옮겼다.

재희는 이미 사과를 비롯한 애플파이의 식재료들을 완벽히 손질해 둔 상황.

도진은 재희가 손질한 재료를 보다가 의아한 표정을 지었다.

"사과 껍질을 벗겼어?"

모든 애플파이가 그런 것은 아니지만, 애플파이에 들어가는 사과는 껍질을 벗기지 않는 경우가 많다.

하지만 재희는 완전히 사과의 껍질을 벗기고는 손질을 해 둔 상황이었다.

재희가 고개를 끄덕이며 입을 열었다.

"어. 예전에 과수원을 하시는 분에게서 사과를 받아서 손님들께 디저트로 내준 적이 있었는데 딸로 보이는 아이는 사과의 껍질만 남겼었거든. 그걸 보면 사과파이에도 껍질은 안 먹었을 거 같아서."

"아하."

모든 손님을 일일이 기억하는 것은 어려운 일이다.

하물며 밀 하우스와 같이 하루에도 수십, 수백 명의 사람들을 상대하면서도 특정한 손님을 기억해 낸다는 것은 어지간해선 힘들다.

하지만 재희는 손님의 사소한 취향을 다 기억하고 있었다.

천재셰프
회귀하다

도진은 그 사실에 미소를 지으며 손을 움직이기 시작했다.

"내가 타르트 만들 테니까 잼 좀 봐줘."

"알았어, 형."

그렇게 답한 도진은 화구에서 끓고 있는 냄비로 발걸음을 옮겼다.

안에는 재희가 만들고 있던 사과 잼이 넘실거리고 있었다.

잼을 만드는 과정은 간단하다.

설탕과 물, 과일을 넣고 타지 않게 잘 저어 가면서 마무리하면 되는 것이니까.

그렇게 한참을 잼을 젓고 있을 때였다.

삐삐삐―.

재희가 설정해 두었던 잼의 타이머가 울리고.

도진은 냄비 안에 있던 내용물을 꺼내, 한쪽으로 옮겨 두었다.

재희 역시 비슷하게 끝난 상황.

도진은 재희가 만든 타르트에 사과잼을 바르고, 그 위로 사과들을 얹었다.

'레몬도 잊지 않고.'

도진은 재희가 잼에 레몬을 넣지 않았다는 사실을 깨닫고는, 사과를 얹기 전에 레몬즙을 뿌렸다.

사과 잼을 만들 때 넣어도 되었겠으나, 그렇게 되면 설탕과 사과의 향에 어느 정도 레몬의 신맛이 중화될 것이 분명하기에 마지막에 후첨했다.

그렇게 만들어진 사과파이를 오븐에 넣고 조금 기다리자 오븐이 울려 대기 시작했다.

삐리리!

마침 라자냐의 조리마저 끝난 상황.

도진과 재희는 조리가 끝난 라자냐와 사과파이를 트레이에서 꺼내 쟁반에 올려 두었다.

그러고는 그 위에 파슬리와 과일 등으로 장식한 뒤.

패스에 음식을 밀어 넣으며 외쳤다.

"주문하신 추억 두 개 나왔습니다!"

정성을 다해 음식을 만들었다.

이젠, 이 음식들이 먹는 사람에게 무엇을 보여 줄지 기대하는 일뿐이었다.

한창 요리가 만들어지고 있는 가운데, 손님은 자신의 지갑 속에서 닳디 닳은 사진을 꺼내 만지작거리고 있었다.

오래된 사진 속, 젊음을 간직한 아내는 환히 웃고 있었으며, 딸은 근심이라곤 찾아볼 수 없는 순수한 모습으로 자신을 바라보고 있었다.

그리고 자신은 그 옆에서 흐뭇한 표정으로 가족을 향해 미소 짓고 있었다.

'에일린, 벨라.'

과거를 보는 남자의 얼굴엔 그리움과 회환이 넘실거리고 있었다.

자신이 다니던 직장은 정말로 자신이 꿈꿔 왔던 곳이었다.

그렇기에 그 기회를 놓치고 싶지 않다는 생각이 컸다.

꼭, 성공해 좋은 모습을 가족들에게 보여 주고 싶었다.

그리고 그것을 위해서 가족들과 떨어지는 것은 어느 정도 감수해야 하는 일이라 생각했었다.

그런데 아니었다.

꿈은 남자가 지키고 싶은 것이었으나, 가족은 가장으로서의 남자가 지켜야만 하는 것이었다.

그것을 알게 되었을 때, 남자는 후회라는 이름의 늪 속에서 버둥거려야만 했다.

"다시 시간을 되돌릴 수만 있다면……."

남자가 중얼거린다.

이름 모를 신에게 올리는 기도처럼.

다소 경건한 표정으로.

그만큼 간절하다는 것을 증명하는 것이기도 했다.

만약 정말 시간을 돌릴 수만 있다면 이런 실수를 범하진 않을 거다.

딸과 아내를 위해 최선을 다할 거다.

자신의 꿈은, 가족에게 있었으니까.

"음식 나왔습니다."

그렇게 중얼거리며 과거를 회상하길 잠시.

한나가 음식을 가지고 와, 그의 앞에 내려놓았다.

남자는 그 음식들을 바라보았다.

추억을 요리해 준다는 이벤트.

과연 이 음식들은 행복했던 그 시절을 떠올리게 만들어 줄
수 있을까.

한나가 서빙을 마치고.

도진이 다시 남자의 앞에 섰다.

그에게 음식에 대한 설명을 해 주기 위해서였다.

"주문해 주신 라자냐는 초리조의 매콤함을 이용해 맛을 냈
습니다. 애플파이에는 레몬즙과 설탕을 조금 더 집어넣어 만
들었습니다."

사실 크게 설명할 것은 없었다.

남자가 먹고 싶다 요청한 음식은 둘 다 흔한 음식이었다.

미국에서는 종종 먹는 것들이었으니까.

특별히 먹는 방법을 설명할 필요도 없을 거다.

추억 속에 그리던 음식이라면 가장 맛있게 먹는 음식도 잘

알고 있을 테니까.

그럼에도 설명을 굳이 하러 나온 이유는 먹고 남자의 반응을 살피기 위해서다.

혹여라도 음식 맛이 맞지 않으면 수정하거나 다시 만들어 주기 위해서.

"그럼 맛있게 드세요. 혹 불편한 부분이 있다면 말씀해 주시면 바로 해결해 드리겠습니다."

"……네. 감사합니다."

아내가 해 주던 음식과 똑같은 메뉴라서일까.

남자는 어딘가 차분한 표정을 짓고 있었다.

"잘 먹겠습니다."

남자는 차분한 목소리로 그렇게 말하고는 포크와 수저를 집어 들었다.

그런 그의 머릿속에는 여러 가지 생각이 떠오르고 있었다.

정말, 그때를 추억할 수 있는 건가?

그럴 만한 자격이 있는 건가?

모든 것은 자신이 가족들에게 신경을 쓰지 않아서 일어난 일인데.

'고작 음식인데.'

이내 남자가 고개를 저었다.

그래. 자신의 앞에 있는 것은 고작 음식이다.

그렇다면 맛있게 먹는 것 말고는 의미가 없다.

아무리 추억을 요리해 준다 한들, 그 추억이 현실로 돌아오진 않는다.

남자는 그렇게 생각하며 라자냐를 향해 손을 뻗었다.

나이프로 라자냐를 잘라 한 조각을 덜어 낸 남자는 그것을 조심스럽게 입에 집어넣었다.

우물우물.

부드러운 라자냐 면을 시작으로, 쫀득한 치즈, 새콤달콤한 토마토를 베이스로 한 라구소스에는 초리조가 더해져 약간의 매콤함을 가지고 있었다.

'맛있다.'

추억을 요리해 준다더니, 그 말이 영 거짓말은 아닌 듯했다.

실제로 자신의 앞에 있는 라자냐는 아내가 만들어 주었던 라자냐와 매우 흡사한 느낌을 주고 있었으니까.

'다음은 애플파이.'

손님은 다시금 손을 뻗어 애플파이를 향해 손을 뻗었다.

바삭한 타르트 시트 위에 달콤한 사과 잼과 상큼한 레몬즙, 마지막으로 사과로 이 모든 것을 덮은 애플파이였다.

남자는 그것을 입에 넣고 우물거리는데.

-아빠, 내 것도 남겨줘야 돼!

누군가의 목소리가 희미하게 귀에 들리는 듯했다.

그것을 눈치챈 남자가 고개를 들어 주변을 둘러본다.

하지만 보이는 것은 오직 자신을 바라보는 도진과 재희.

홀에 앉아 스마트폰을 매만지는 한나뿐이었다.

뭐지? 힘들어서 이상한 게 들리는 건가?

남자는 대수롭게 생각하며 다시금 애플파이를 입에 물었다.

참 맛있는 맛이다.

자신은 단것을 그리 좋아하지 않았으나, 딸아이의 권유로 애플파이만큼은 즐겨 먹곤 했다.

그리고 도진이 내준 애플파이에는 그때의 맛이 담겨 있었다.

-아빠, 듣고 있어? 다 먹으면 안 돼!

그렇게 애플파이를 입에 넣을 때였다.

이번엔 생생히 목소리가 귀에 들렸다.

남자는 그 목소리가 어떤 것인지 알고 있었다.

어찌 잊겠는가?

자신이 그토록 그리워하고, 또 사랑해 마지못했던 딸의 목소리를.

"벨라?"

허공을 향해 남자가 되뇌듯 중얼거렸다.
입에는 마저 다 삼키지 못한 애플파이를 머금은 채로.

-응? 나 왜?

이젠 헛것까지 보이는 듯, 남자가 팔을 휘적인다.
자신의 앞에는 딸아이의 환상이 눈에 드리우고 있었다.
금발 머리를 가진 딸아이는 콧잔등에 주근깨를 가지고 있
었다.
날씬하고 제법 키가 큰 그녀는 아이라고 부를 만한 나이는
훌쩍 넘겼으나, 남자는 그녀를 언제나 아이처럼 대했다.
벨라는 그런 남자의 모습에 조금 토라지는 모습을 보이면
서도 딱히 싫어하는 기색을 내비치지는 않았다.
그녀는 남자의 앞에서 어릴 적 순수한 표정 그대로의 모습
으로 웃음을 지으며 남자에게 말을 걸었다.

-아빠, 사랑해.

딸의 말에 남자는 허공을 더듬으며 입을 열었다.
"나도, 나도 사랑한다, 벨라."
짤막한 그 말이 뭐가 그리 좋은지 벨라가 미소를 짓는다.
그러는 사이, 남자는 애플파이를 삼켰다.

동시에 사라지는 환청과 환각.

남자는 지금 자신에게 일어난 일이 퍽 신기한 눈치였으나.

푹!

다시금 라자냐를 향해 손을 뻗었다.

지금 자신에게 일어나는 일이 무엇인지는 모른다.

그러나 상관없다고 생각했다.

주인장이 음식에 마리화나를 집어넣었든, 아니면 자신의 그리움이 만든 환상이든.

행복했던 가족의 추억을 다시금 느끼고 싶다는 생각이 머릿속을 집어삼킬 뿐이었다.

—여보.

라자냐를 입에 집어넣자, 이번에는 자신이 사랑했던, 그러나 지켜 주지 못했던 여인의 환상이 남자의 눈앞에 드리운다.

그녀 역시 남자가 익히 알고 있는 존재였다.

"에일린."

그리운 두 얼굴을 봤기 때문일까.

남자의 볼을 타고 한 줄기 물방울이 떨어지더니, 턱에 맺히기 시작한다.

한 방울, 또 한 방울.

에일린은 그런 남자를 걱정하듯 다가와 말을 걸었다.

―정말 칠칠치 못하게 왜 눈물을 흘리고 그래?

"미안……. 정말 미안해."
여인은 라자냐를 입에 머금은 남자를 말없이 바라보며 미
소를 지었다.
그러고는 그에게 다가가더니, 그를 안아 주었다.

―난 괜찮아. 이렇게 추억해 주는 것만으로도 나는 행복해.

여자의 말에 남자의 눈에서 시작된 물줄기가 한층 더 두꺼
워졌다.
그런 남자의 모습은 흡사 성냥팔이 소녀의 모습과 같았다.
성냥을 태워 행복한 상상을 불러일으켰던 소녀처럼.
남자는 음식을 먹어 자신의 행복했던 추억을 회상하고 있
었다.
남자는 냅킨으로 눈물을 훔치며 입을 열었다.
"사랑해."
남자의 말에 에일린이 미소 지었다.
그러고는 남자의 볼에 손을 가져다 대며 입을 열었다.

천재셰프
회귀하다

─나도 사랑해. 그리고…… 벨라를 잘 부탁해.

"그럼. 당연하지."

아내가 곁을 떠난 지금, 자신에게 남은 것은 딸인 벨라뿐이었다.

남자는 그런 벨라를 떠나보내고 싶지 않았다.

언젠가는 제 품을 떠나 세상을 향해 나아가야 하는 것을 알고 있음에도 남자는 조금 더 벨라가 남아 있길 원했다.

조금만 더, 벨라가 크는 모습을 보고 싶었다.

사랑스러운 미소를 지으며, 자신에게 애플파이를 권하는 모습을 조금 더 보고 싶었다.

비록 지금은 벨라가 자신을 떠난 상황이었으나.

만약 다시금 벨라가 집에 돌아오게 된다면…….

'걱정 마, 에일린. 벨라는 내가 꼭 책임질게.'

다시는 일에 눈이 멀어 현재의 행복을 놓치지 않을 거다.

사랑하는 딸의 웃음이 절망으로 변하지 않게끔.

최선을 다할 거다.

그게 아버지로서, 자신의 아내가 남긴 사랑하는 딸을 위한 마지막 일이었고 또 속죄였으니까.

남자의 결의가 서린 눈을 본 에일린은 빙긋 미소를 지어 보이고는 서서히 그 형체를 잃어 갔다.

그리고 아내의 형체가 완전히 사라지고, 모습을 드러낸 것은 도진이었다.

도진은 그에게 물었다.

"어떤가요, 당신의 추억 속에 있던 그 음식이?"

도진과 재희는 정말 최선을 다해 음식을 만들었다.

추상적인 맛 표현과 생전에 밀 하우스를 방문했던 과거의 모습을 더듬거리며 추억을 되살리기 위해 최선을 다했다.

과연 그 음식은 남자에게 추억을 불러다 주었을까?

남자는 고개를 들어 도진과 눈을 맞추었다.

절망에 빠졌던 표정과는 다르게 무언가 살 희망을 찾은 것처럼 환한 표정을 지으며 남자는 이렇게 말했다.

"정말 맛있군요, 셰프. 제가 수십 년이 지나고 땅에 묻히기 전까지 이 음식의 맛은 절대 잊지 못할 것 같습니다."

도진이 미소를 지었다.

음식은 추억을 담는다.

시간의 한 장면을 담는 카메라처럼.

그리고 남자는 도진의 음식 속에서 추억의 한 장면을 엿보았으며.

또 자신이 살아가야 할 이유를 찾아냈다.

자신이 잊고 있던 것이 무엇인지를 알려 준 이를 향해.

또 죄책감이라는 절망 속에서 꺼내 준 구원자를 향해.

남자가 고개를 숙였다.

그런 그의 귀에는 환상 속에서 말한 벨라와 에일린의 말이

맴돌고 있었다.

─사랑해.

남자는 그 이후로도 말없이 도진과 재희의 음식을 먹었다.

이따금 먹다가도 무언가 즐거워 보이는 표정을 짓는 남자를 보며 재희가 영 이상하다는 표정을 지었다.

"도진아, 너 뭐 음식에 이상한 거 넣었냐?"

"응?"

"아니, 손님 반응이 이상하잖아. 아까는 허공을 바라보며 중얼거리질 않나. 갑자기 분위기도 확 바뀌었고. 설마 네가 이상한 거라도 넣었나 싶었지."

재희의 말에 도진이 픽, 웃었다.

확실히, 재희의 입장에선 이상하게 보일 만한 상황이다.

분위기를 즐기는 다이닝과는 달리, 밀 하우스는 음식을 싸고 빠르게 박리다매식으로 판매하는 곳이었으니.

손님의 사연을 듣고 무언가를 만들어 준다는 경험은 특별한 것이리라.

도진은 재희를 바라보며 입을 열었다.

"재희 형, 나도 엄연히 요리사인데 음식에 이상한 걸 넣었겠어?"

"그래도 이런 반응은 조금……."

"뭐, 그냥 추억을 만끽하고 있나 보지."

재희가 고개를 갸웃거린다.

아직 도진의 말이 이해가 가질 않는다는 듯한 표정이다.

손님을 위해 음식을 연구하는 재희에게 이번 경험은 특별한 경험이 될 것이 분명하다.

도진이 기획하고 만든 음식은 손님을 감동시키는 음식이었으니까.

"저어……."

그렇게 도진과 재희가 대화를 나누고 있을 때였다.

식사를 마친 것인지, 남자가 자리에서 일어난다.

그런 그의 아래에는 아직 미처 다 먹지 못한 음식들이 놓여 있었다.

"네, 손님. 무슨 일이세요?"

"혹시 남은 것을 포장해 갈 수 있을까요? 집에서도 지금 느꼈던 추억들을 다시 느끼고 싶어서요."

어찌 보면 추상적인 말이었으나, 도진은 그의 말을 이해하지 못하는 것은 아니었다.

가끔은 혼자서 진득하게 음식을 먹으며 그 추억을 되새김질하고 싶을 때가 있는 법이니까.

"물론이죠. 금방 포장해 드리겠습니다."

도진이 빙긋 웃고는 남은 음식들을 주방으로 옮겼다.

그러고는 포장 용기에 음식들을 담고는, 비닐에 용기들을

천재셰프
회귀하다

담아 남자에게 건넸다.

"여기 포장입니다."

"감사합니다."

봉투를 받아 든 남자가 잠시 머뭇거린다.

그러고는 무언가 결심이라도 한 표정으로 입을 열었다.

"혹시, 실례가 안 된다면 나중에 다시 제가 이 음식을 주문해도 괜찮을까요?"

남자의 말에 도진이 슬쩍, 시선을 옮겨 재희가 있는 곳을 바라본다.

각자에게 역할이 있는 법이다.

그런 의미에서 도진은 이벤트를 기획하긴 했지만 일개 직원이었고.

남자의 말에 답을 내릴 수 있는 것은 오롯이 밀 하우스의 주인이자 셰프인 재희뿐이었다.

재희는 잠시 도진과 남자를 바라보고는 입을 열었다.

"이런 음식은 특별 오더라서 만드는 데 시간이 걸립니다."

"아…….."

"그러니, 손님이 없는 시간대에 오겠다고 말해 주시면 만들어 드리겠습니다."

일순 남자의 얼굴에 실망감이 드리우는가 싶더니, 재희의 말을 듣고는 이내 얼굴이 밝아진다.

'하여간, 재희 형 장난기 많은 것은 알아줘야 한다니까.'

그가 남자의 제안을 수락하리라는 것은 알고 있었다.

재희가 매몰차게 사람들의 요청을 거부할 만큼 악독한 성격은 아니니까.

그럼에도 굳이 시간이 오래 걸린다는 이야기를 한 것을 보면 장난기 넘치는 성격이 발동했음이 분명했다.

도진은 남자를 바라보며 입을 열었다.

"그럼, 좋은 시간 되세요."

"네, 오늘 정말 감사했습니다."

남자가 손을 흔들며 밀 하우스의 문을 잡아당겼다.

음식에 담긴 추억의 파편이 그에게 무엇을 보여 줬는지는 모르겠으나.

그의 표정이 환한 것을 본다면, 적어도 그에게 응원을 보내는 추억이 아니었을까 하고 생각하면서.

밀 하우스와 그리 멀리 떨어지지 않은 곳에 위치한 주택가.

남자는 터벅터벅 자신의 집으로 향하더니, 이내 문을 잡아당겼다.

남자의 주택엔 차가운 냉기만이 가득했다.

마치 오랫동안 사람이 살지 않았던 것처럼.

이곳에 따스한 온기가 남아 있었을 때가 있었다.

가족이 함께 모여 식사하고 크리스마스가 되면 멋진 나무를 하나 가져다 놓곤 딸인 벨라와 함께 트리를 장식하곤 했었다.

웃음과 즐거운 수다 소리로 가득했던 남자의 집은 모두가 떠나고 황량한 기운만을 풍기고 있었다.

터벅터벅

남자는 이런 상황이 익숙하다는 듯, 자신의 감각을 이용해 전등 스위치를 켰다.

그리고 포장해 온 음식을 탁자에 올리고는 늘 그랬던 것처럼 가족 앨범을 집어 들려는데.

부스럭

이상한 소리가 들렸다.

밖에서 나는 소리라면 반응하지 않았겠으나, 그 소리는 분명 집 안에서 흘러나오고 있었다.

그리고 그 말은 곧, 누군가 자신의 집에 들어와 있다는 것을 증명하는 것이기도 했다.

"누, 누구……?"

남자가 고개를 돌려 주위를 살핀다.

하지만 보이는 사람은 없었다.

이내 자신의 착각이라 생각한 남자는 다시 앨범에 손을 얹었다.

'아무래도 내 착각인가.'

남자는 그렇게 생각하며 눈을 감았다.

그의 손이 얹어진 앨범은 아내와 딸의 사진이 보관된 것이었다.

그래서일까.

앨범에 손을 올리면 평소와는 다르게 차분한 느낌이 들곤했다.

"그 앨범, 아직까지 간직하고 계시네요."

눈을 감은 남자에게 누군가가 말을 건넨다.

너무나 익숙한 목소리.

남자는 눈을 떠, 자신의 앞에 있는 사람을 바라보았다.

금발에 장신인 여자.

자신이 그토록 사랑했던 여자의 절반을 가져간 사람.

"벨라."

자신을 원망하고 떠났던, 사랑해 마지않는 이가 자신의 눈앞에 있었다.

벨라는 싸늘한 눈으로 남자를 바라보며 입을 열었다.

"이제 일은 그만두신 건가요?"

"그만두진 않았어. 다만, 일을 줄이기로 했다."

남자가 딸을 바라본다.

제법 오랜 시간 얼굴을 보지 못했던 딸이다.

직접 찾아가 볼 수도 있었으나, 그러지 않았다.

염치가 없다 생각했으니까.

남자는 딸의 얼굴을 바라보며 입을 열었다.

"잘 지냈니?"

"……그럭저럭요."

오랜만에 만난 딸은 전과 같은 활기참이 느껴지지 않았다.

대화마저 어색하게 느껴졌다.

벨라는 남자를 마주하고 자리에 앉으며 입을 열었다.

"오랜만이네요."

"그러게. 여긴 어쩐 일이니?"

"그냥. 친구가 아빠한테 가 보라고 해서요."

대화가 자꾸 끊긴다.

무슨 말을 해야 할지 모르겠다.

남자는 머뭇거리다 자리에서 일어나고는, 벨라를 향해 발걸음을 옮겼다.

그러곤 그녀를 안아 주며 입을 열었다.

"미안하다. 신경을 쓰지 못한 것도. 에일린을 지키지 못한 것도."

벨라는 눈물이 터져 나오는 것을 참으며 입을 열었다.

"너무 늦었잖아요."

"아니. 비록 에일린은 먼저 갔지만, 내가 있지 않니? 이제는 내가 아빠로서 너를 신경 쓸게. 그러니, 나를 한 번만 용서해 주지 않겠니?"

남자는 자신의 옷이 추적추적하게 젖어 가는 것을 느꼈다.

그것이 벨라의 눈물임을 남자는 모르지 않았다.

남자는 그동안 하고 싶었지만 어떤 것을 먼저 꺼내야 할지 몰랐다.

그래서, 자신이 가장 하고 싶은 말을 꺼냈다.

"사랑한다, 딸."

추억의 잔재들이 해 주었던 말.

그리고 동시에 자신이 가장 하고 싶었던 말.

많은 의미가 함축되어 있는 말이었으나.

그것으로도 충분했다.

벨라는 남자를 안아 주며 입을 열었다.

"저도요."

혈연관계란 쉽게 끊을 수 없는 것이다.

같은 피가 흐르는 만큼, 그들의 사랑은 견고했고 끊어진다 하더라도 자석처럼 되돌아가려는 성질이 강했기에.

다만, 끊어진 관계를 회복하는 데 필요한 것은 용기였다.

자신의 실수를 인정하고 수용하며 고쳐 나가려는 용기.

남자는 지금까지 그 용기가 없었고.

마침내 지금, 그 실수를 인정하고 벨라에게 사과를 구했다.

"저녁은 먹었니?"

"조금이요. 출출하네요."

"그래? 내가 밀 하우스에서 가져온 음식이 있는데, 먹을

래?"

"좋죠. 밀 하우스 음식 그리웠는데…….."

벨라가 눈에서 흐르는 눈물을 훔치며 밝게 웃어 보인다.

어린 시절, 남자의 기억 속에 남아 있던 모습 그대로.

순수함을 간직한 표정으로 말이다.

남자는 그런 벨라의 모습에 미소를 지으며 발걸음을 옮겨 포장해 온 음식을 꺼내 들었다.

내용물을 본 벨라가 살짝 놀란 표정을 지었다.

"라자냐랑 애플파이네요? 둘 다 엄마가 잘해 주시던 건데. 이제 밀 하우스에서 이것도 팔아요?"

"그런 건 아니고. 밀 하우스에서 나를 위해서 스페셜 오더를 넣어 줬더라고."

"와, 진짜 신경 많이 써 주셨네요."

남자가 고개를 끄덕인다.

남자가 다시금 세상을 향해 발걸음을 내디딜 수 있게 된 것도, 절망의 늪에서 빠져나올 수 있게 도움을 준 것도.

모두 밀 하우스가 아니었다면 일어나지 않았을 일이다.

남자는 밀 하우스에게 진심으로 감사한 마음을 가지며 포장 용기에서 음식을 꺼내 벨라에게 건넸다.

"예전에 애플파이 좋아했었지? 어서 먹으렴."

"그걸 아직도 기억하고 계셨어요? 저 어릴 때 많이 먹고 그 이후로는 엄마도 바쁘셔서 잘 못 먹었는데."

"내가 네 덕분에 애플파이라는 것을 먹기 시작했는데. 당연히 기억하지. 어서 먹어 보렴. 정말 맛있더라."

"아빠가 그렇게 말하는 것을 보면 정말 맛있나 보네요."

벨라는 그렇게 말하며 애플파이를 집어 입에 넣었다.

달콤하면서도 새콤한 맛이 나는 애플파이.

그것을 먹은 벨라의 얼굴에는 한 줄기 눈물이 흘러내리고 있었다.

"아빠, 이거 정말 밀 하우스에서 만들어 준 것 맞아요?"

"응?"

"엄마가 해 줬던 맛이랑 똑같은 맛이 나요."

그 말에 남자가 미소를 지었다.

자신 역시 밀 하우스의 음식을 먹으며 참 많은 것을 봤다.

이젠 볼 수 없는 아내와 벨라의 어린 시절까지.

지금 그녀는 애플파이를 먹으며 어떤 것을 보고 있는 걸까.

"많이 먹으렴. 나중에 내가 또 해 달라고 할게."

남자가 벨라의 등을 두드려 주었다.

밀 하우스.

남자에게 그곳은 더는 슬픔을 달래는 곳이 아니었다.

과거와 현재가 공존하는.

시간을 담은 갤러리나 다름이 없는 곳이었다.

다음 날 밀 하우스.

평소처럼 음식을 주문하는 평범한 사람들 사이에는 눈에 익은 손님과 그리운 손님이 마주 앉아 있었다.

"저 사람, 딸이랑 헤어졌다고 들었는데, 어제 그길로 화해 했나?"

"어제 그 손님 맞은편에 앉아 있는 손님?"

"응. 저 사람이 어제 손님 딸이야."

도진이 고개를 돌려 딸이라는 사람을 바라본다.

주근깨가 있긴 하지만 제법 미인형이다.

부녀는 서로를 마주한 채 그동안의 회포를 풀어 가는 듯했다.

남자는 즐거운 표정으로 맥주를 들어 올리고, 딸은 그것을 말린다.

어느 가정처럼.

그러다 도진을 발견한 남자는 그 어느 때보다 행복한 얼굴로 도진에게 말을 걸었다.

"어젠 정말 감사했습니다. 만약 당신이 아니었다면 저는 이곳에서 죽상을 하며 앉아 있었을 겁니다."

"아닙니다. 그저, 요리사가 요리를 했을 뿐이죠."

"그 요리가 저에게는 천만 불을 지불하더라도 비견할 수 없을 정도로 값진 것이었습니다."

그렇게 말한 남자가 자신의 지갑을 꺼내 들더니.

이내 100달러짜리 지폐 몇 장을 꺼내 도진에게 건넸다.

"이건 어제 당신이 제게 보여 준 호의에 대한 대가입니다. 물론 이것으론 부족하겠지만. 아직 시간은 많으니 천천히 갚아 나가겠습니다."

"이건 너무 많습니다."

슬쩍 봐도 최소 수백 달러는 되어 보인다.

어제의 이벤트 기획을 한 것은 도진이 맞았으나, 대가를 바라고 한 것이 아니었고.

음식의 가격으로 쳐도 과한 금액이었기에 도진은 그것을 거절하려 했지만.

"받아 주세요. 음식은 만드는 사람의 마음이지만, 팁은 주는 사람의 마음인 것 아니겠습니까?"

남자는 그렇게 말하며 도진의 손에 지폐를 쥐여 주었다.

결코 적은 금액은 아니었으나.

남자는 팁을 지불함에 있어서 하나도 아쉽지 않다는 표정이었다.

분명, 자신이 얻은 경험과 상황이 이 손에 쥐어진 것보다 더 가치가 있다 판단한 거겠지.

도진의 손에 돈을 쥐어 준 남자는 손을 휘휘 저어 인사를 해 보이고는 자신의 딸이 기다리는 곳을 향해 발걸음을 옮졌다.

도진은 자신의 손에 쥐어진 돈을 잠시 바라보며 생각했다.

'뭐, 괜찮으려나.'

이건 남자가 도진의 노고를 알고 지불한 돈이다.

그것을 거절하는 것은 남자에 대한 예의가 아니지 않을까.

그렇게 생각한 도진은 자신의 손에 들린 팁을 주머니에 집어넣으며 주방으로 향했다.

아직, 밀 하우스의 영업은 끝난 게 아니었으니까.

지나가 버린 것은 어쩔 수 없는 일이다.

하지만 누군가가 추억을 다시 되새김질하기 위해서 필요한 수단이 있다면 그것은 오직 음식뿐이지 않을까.

가난

　며칠 뒤, 재희와 한나, 도진은 여느 때처럼 자리에 앉아
수다를 떨고 있었다.

　밀 하우스의 영업시간이 조금 남은 터라, 밀 하우스 내부
는 폭풍전야처럼 고요하기만 했다.

　재희와 도진은 재료를 정리하고, 한나는 홀의 의자를 정리
하며 혹여 청소가 덜 된 곳은 없나 몇 번을 확인한다.

　그렇게 밀 하우스의 영업시간이 딱 되었을 때였다.

　딸랑!

　밀 하우스의 문에 걸린 종이 울리며 누군가가 안으로 들어
온다.

　더벅머리에 땀으로 젖은 옷, 어디 일용직으로 일하는 이

인가 싶은 비주얼의 남성은 터벅터벅 카운터로 발걸음을 옮긴다.

그러고는 도진에게 무심한 표정으로 주문을 불렀다.

"볶음밥 3개. 포장으로."

"네, 알겠습니다."

도진이 주문을 받고 주방에 들어갔다 나왔을 때.

남자는 많이 피곤했는지 밀 하우스의 구석에 자리를 잡고는 벽에 기대 잠을 청하고 있었다.

아직 아무도 없다곤 하지만 곧 있으면 손님들이 들이닥칠 시간인데 저렇게라도 잠을 청하는 것을 보면 제법 많이 피곤한 게 분명했다.

"도진아, 볶음밥 나왔다."

"아. 응, 형."

도진은 그렇게 대답하고는 재희가 건넨 포장 용기를 받아 비닐에 집어넣었다.

그리고 조심스레 남자에게 다가가 비닐을 건넸다.

"저, 손님. 주문하신 음식 나왔습니다."

"으음……. 네."

불과 5분이나 될 법한 시간임에도 남자는 눈을 비비며 자리에서 일어났다.

그러고는 비닐봉지를 건네받았다.

"감사합니다."

천재셰프
회귀하다

"아니에요. 주문해 주셔서 감사합니다."

남자는 가볍게 고개를 숙여 인사를 하고는, 발걸음을 옮긴다.

밀 하우스의 문을 나선 그는 여전히 졸리다는 듯, 비틀거리며 발걸음을 옮겼다.

'특이한 사람이네.'

그에 대해 아는 것은 없었으나, 식당에서 잠드는 손님은 정말 흔치 않다.

고작 5분 아닌가.

그 짧은 시간에도 수면을 취할 정도면 정말 바쁘게 사는 사람이구나 싶었다.

다음 날도 마찬가지였다.

딸랑-.

남자는 똑같은 시간에 와, 볶음밥을 주문했고.

잠에 들었다 포장을 받아 갔다.

여전히 볶음밥은 3개였다.

도진은 그런 손님을 웃으며 대해 주었고.

남자는 눈을 비비며 감사하다 말하고는 발걸음을 옮겼다.

다음 날도. 그다음 날도 마찬가지였다.

그쯤 되니 주방 역시 남자를 의식하기 시작했다.

오픈 시간 5분 전만 되면 재희는 하루 일과의 한 부분이 되었다는 양 자리에서 일어나 주방으로 발걸음을 옮겼고.

볶음밥을 볶아 냈다.

도진은 그런 그에게 그러다 안 오면 어쩌냐고 물었으나.

재희는 웃으며 그럼 우리가 먹으면 되는 일 아니냐며 반문할 뿐이었다.

그쯤 되니 의문이 생겼다.

"재희 형."

"응?"

"매일 오픈 시간에 나타나는 손님 있잖아."

"어어. 그 볶음밥 3개 주문하는 손님? 그 사람은 왜?"

"혹시 형이 아는 손님이야?"

도진의 질문에 재희는 말하기 곤란하다는 듯, 머리를 긁적였다.

무언가 말하기 어려운 부분이 있는 걸까.

혹시 친척이라든가 그런 건 아니겠지.

재희가 입을 열었다.

"영업 끝나고 알려 줄게."

재희의 말에 도진이 고개를 갸웃거렸다.

평소의 재희라면 그저 장난기 어린 표정으로 답해 주었을 텐데.

이렇게 말하는 것을 보니 무언가가 있는 게 확실했다.

그래도 지금까지 약속을 어기거나 한 적은 없었으니 조금 기다려 봐도 괜찮겠지.

도진은 그렇게 생각하며 뭘을 잡았다.

아직 밀 하우스는 영업 중이었다.

밀 하우스의 영업이 끝나고.

한나는 평상시처럼 먼저 퇴근했다.

그녀의 말에 의하면 해야 할 일이 있다던가.

군이 그 일이 무엇인지 언급하지 않았으므로 도진은 그냥 그러려니 하고 넘어갔다.

재희도 물어보지 않는 것을 보면 군이 물어볼 필요가 없다 판단하기도 했고.

"도진아, 아까 그 손님에 대해 물어봤었지?"

"응. 무슨 일이야?"

재희가 그릇을 정리해 선반에 올리며 입을 열었다.

"예전에 너 오기 전에 있었던 일인데, 우리가 영업 준비하고 잠깐 바람을 쐬러 갔는데, 저 손님이 행색이 그리 좋지 않은 모습으로 우리 가게 앞을 서성이더라고."

"응?"

"그땐 나도 누군지 몰랐으니까 무슨 일 있냐고 물어보니까 도망가더라고. 처음엔 이상하다 생각했는데, 다음 날도 그다음 날도 똑같은 시간에 오는 거야."

확실히 이상한 일이다.

맛있어 보이는 식당이 있어 어슬렁거리는 것이야 그럴 수 있는 일이지만, 그것을 매일, 그것도 같은 시간에 자리하고 있다는 게 어디 흔한 일이던가.

아니다. 적어도 도진의 경험상 그런 사람들은 무언가 생각을 가지고 그러는 경우가 많았다.

"그래서 혹시 배가 고픈 건가 싶어서 볶음밥 하나 해 줬거든. 그런데 그 이후로도 몇 번 더 찾아오더라."

"형도 참 착하다니까."

"내가 원래 좀 어려운 사람을 보고 못 지나치질 않냐? 뭐 암튼, 그래서 올 때마다 볶음밥을 그냥 줬었는데. 한동안 뜸하더니 다시 오는 것 같다."

재희가 픽 미소를 지었다.

나름대로 인연이 있는 만큼, 오랜만에 보는 손님의 등장이 반가운 모양이었다.

재희가 장난기가 많은 사람이긴 하지만, 기본적으로 사람이 선하다.

실수를 하거나 해도 그냥 넘어가는 편.

하지만 손님과 관련된 일이면 예민하게 반응하곤 했다.

혼자 한 실수는 괜찮지만 손님한테 실수하면 재희는 그것을 귀신같이 포착하고 주의를 주곤 했다.

그만큼 손님에 대한 애정이 많은 사람이었으니, 오랜만에 보는 손님의 등장이 반가운 것은 어찌 보면 당연한 일일 수도 있겠다는 생각이 들었다.

"반가운 모양이네? 형한테 돈도 안 내고 음식을 받아 간 사람인데."

"에이. 그거 볶음밥 해 봐야 얼마나 한다고. 원가만 봐도 고작 한 2달러나 될 법한 금액인데 그거 아낀다고 식당 매출이 10프로 20프로 느는 것도 아니잖아."

재희가 대수롭다는 듯 말했다.

가끔 이런 작은 푼돈조차 아까워하는 짠돌이가 있다.

너무 많이 쓰지 말라면서 눈치를 주는 경우도 많이 봤고.

대개 그런 이들의 말로는 썩 좋진 않았다.

주방에서 주는 눈치를 받으며 먹는 음식이 맛있을 리가 있나.

사업에 있어 쓸데없는 지출은 줄여야 하는 건 맞다.

하지만 적어도 손님에게는, 그 영향이 가게 해서는 안 된다.

결국, 식당은 손님에 의해 굴러가기 마련이니까.

"그리고…… 와서 직접 돈을 내고 3개씩 사 가는 것을 보면 제법 잘되고 있는 것 같아서 뿌듯하네."

재희는 진심으로 즐거워하는 표정이었다.

분명 제대로 인사조차 하지 못한 사이일 텐데 저런 감정을 지니는 것을 보면 정말 손님에겐 진심이구나 하는 생각이 들었다.

동시에 의문도 들었다.

"그런데 왜 이 이야기를 영업 끝나고 하는 거야? 굳이 특별한 이야기도 아닌 것 같은데."

혹시 식당의 운영과 관련된 이야기였다면 이해라도 할 텐데, 굳이 둘만의 추억을 영업이 끝날 때까지 안 해 준 이유가 뭘까.

그렇게 특별한 이야기도 아니고, 말한다 해서 해가 되는 것도 아닐 텐데.

재희는 피식 웃으며 입을 열었다.

"손님들이 듣잖아."

"손님들이?"

"응. 다른 사람은 공짜로 음식을 줬는데 자기한테는 돈 받고 팔고 있다고 생각해 봐."

"아."

확실히 기분이 나쁠 만한 일이었다.

사람은 누구나 대접받고 싶어 하는 심리가 있다.

같은 식당을 왔음에도 누구는 돈을 받고 누구는 돈을 안 받는다면 의문과 동시에 반발심도 들게 분명하다.

더 나아가면 재희에게 따질 수도 있겠지.

재희는 주방에서 홀에 있는 손님들까지 생각하고 있던 것이었다.

천재셰프
회귀하다

'그런데 성공했으면 더 좋은 식당도 갈 수 있을 텐데 왜 굳이 밀 하우스에 방문하는 거지?'

도진이 고개를 갸웃거렸다.

그는 같은 시간에 와 항상 볶음밥만 주문했다.

만약 재희의 말대로 성공을 했다면 그럴 수 있을까.

아니, 더 좋은 음식도 먹어 보고 싶을 테고, 다양한 것을 먹어 보려 했을 거다.

사람이 빵만 먹고 살 수 없듯이, 볶음밥도 마찬가지니까.

그런데 남자는 굳이 밀 하우스로 와, 볶음밥만을 주문하고 있었다.

'게다가 왜 항상 3개씩을 사 가는지도 모르겠고.'

처음엔 가족이 있을 거라 생각했다.

밀 하우스의 볶음밥 양은 적은 편이 아니다.

그런 것을 3개나 사 갈 정도면 분명 다른 사람이 함께 먹는 것이라 생각했으니까.

하지만 매일 3개씩 사 가는 것을 보고 생각을 바꿨다.

아무리 취향이고 좋아하는 음식이라 하더라도 같은 음식을 매일 먹고 싶어 하는 사람이 얼마나 될까?

분명한 것은 그런 사람은 많지 않다는 것이었다.

'나중에 직접 물어봐야겠어.'

궁금증이 계속 쌓이니 머리가 지끈거린다.

도진이 탐정도 아니고. 이렇게 계속 고민해 봤자 정답을 알 수는 없는 노릇이다.

　그렇다면 당사자에게 직접 물어보는 게 맞지 않겠는가.

　왜 매일 같은 시간에, 그것도 3개나 볶음밥을 사 가는지에
대한.

　그렇게 다짐한 도진은 씻고 침대에 누웠다.

　일이 고돼서일까. 아니면 다음 날에 남자에게 물어볼 생각
때문일까.

　침대에 눕기 무섭게 도진의 의식이 흐려졌다.

　다음 날, 밀 하우스는 일상을 보내고 있었다.

　그리고 영업시간이 되기 5분 전.

　"이제 슬슬 일어나야겠다."

　시간을 확인한 재희가 자리에서 일어난다.

　남자를 위해 볶음밥을 준비하려 하는 것이었다.

　평소라면 그러려니 넘어가겠지만.

　"재희 형, 오늘은 제가 만들게요."

　도진이 재희를 따라 자리에서 일어났다.

　그것을 본 재희가 고개를 갸웃였다.

　"뭐 별것도 아닌데. 그냥 조금 더 쉬지."

　"에이, 지금까지 형이 전부 만들어 드렸잖아요. 오늘은 제

가 만들게요."

"그래. 마음대로 해. 고마워."

재희의 말을 뒤로하고 도진이 발걸음을 옮겼다.

그러고는 빠르게 재료를 손질하고는, 화구를 켜고 웍을 올렸다.

기름을 두르고 재료를 달달 볶을 때쯤.

딸랑-.

밀 하우스의 문이 열리고 남자가 피곤한 표정으로 카운터로 발걸음을 옮긴다.

그것을 본 도진이 시계를 확인했다.

'오늘은 조금 더 일찍 왔네.'

현재 시간은 영업시간 2분 전.

평소보다 조금 일찍이긴 하지만 그래도 오차 시간 안이다.

한나는 남자의 주문을 받고는 다시 자리에 앉았다.

굳이 주방에 알리진 않았다.

이미 도진이 만드는 메뉴가 남자의 주문이라는 것을 알고 있었으니까.

도진은 조금 더 빠르게 손을 놀렸다.

손님이 조금 일찍 온 만큼, 오래 기다리게 해서는 안 되니까.

촤아아-.

한창 소나기가 내리는 듯한 소리를 내던 웍이 움직임을 멈춘다.

도진은 완성된 볶음밥을 포장 용기에 조심스레 집어넣었다.

밀 하우스에 있으며 제법 동화가 된 걸까.

그런 그의 동작은 무척 깔끔하고 자연스러웠다.

"볶음밥 포장 나왔습니다."

도진의 말에 한나가 자리에서 일어나 도진에게 다가간다.

그리고 포장 봉투를 받아 가려는데.

잠시 고민하던 도진이 입을 열었다.

"이거, 내가 가져다줄게. 지금 손님 주무시기도 하고. 매일 내가 가져다드렸으니까."

"그래. 마음대로 해."

그렇게 말한 한나가 쿨하게 발걸음을 옮긴다.

한나가 다시 자리에 앉는 것을 본 도진은 봉투를 조심스럽게 손님을 향해 발걸음을 옮겼다.

"저, 손님."

"으음……."

익숙한 목소리에 손님은 몸을 한번 뒤척이고는, 몸을 일으켰다.

제대로 누울 수 있는 공간도 아니고, 앉아서 딱딱한 콘크리트 외벽에 몸을 기댄 것이라고는 상상하지 못할 정도로 숙면을 취한 듯한 모습이다.

그렇게나 피곤했던 걸까.

대체 무슨 일을 하길래…….

도진은 쓰게 웃으며 그런 손님에게 볶음밥이 든 봉투를 건네주었다.

"많이 피곤하셨나 봅니다."

"죄송해요. 일이 많아서……."

"괜찮습니다. 아직 손님도 없는걸요. 그나저나 질문 좀 드려도 될까요?"

"질문이요?"

남자가 고개를 갸웃거리면서 도진을 바라본다.

피곤함에 찌든 눈으로.

남자는 별 상관없다는 양, 고개를 끄덕이며 입을 열었다.

"네. 얼마든지요."

"손님은 어째서 매일 3개의 똑같은 메뉴를 매일 가져가십니까?"

도진의 말에 남자가 머리를 긁적인다.

그러고는 도진의 뒤에 앉아 있는 재희와 한나를 슬쩍 바라보곤 입을 열었다.

"그게 말입니다."

도진이 남자의 옆에 앉아 그의 말에 귀를 기울였다.

호기심 어린 눈으로.

남자는 도진이 가져다준 물을 한 모금 마시고는 입을 열었다.

그에게는 은근히 재희를 의식하는 듯한 눈빛이 있었으나.

도진은 그것을 크게 신경 쓰지 않았다.

재희가 해 주었던 말을 생각해 보면 그가 밀 하우스에 계속해서 방문하는 이유 중에 재희의 존재도 포함되어 있을 게 분명했으니까.

"저는 이런 일을 하는 사람입니다."

그가 자신의 주머니에서 지갑을 꺼내더니, 명함 한 장을 꺼내 도진에게 건넸다.

남자가 건넨 명함에는 어느 로펌의 이름과 자신의 이름인 로버트가 적혀 있었다.

"변호사십니까?"

"아뇨. 아직 정식 변호사는 아니고, 준비 중입니다. 굳이 따지면 인턴이랄까요?"

"그렇군요. 그런데 이게 여기에 자주 오는 대답이 되진 않을 것 같습니다."

"아, 그 부분도 설명드릴 수 있습니다."

그렇게 말한 남자는 자리에 앉은 채 잠시 눈을 감았다.

"변호사 인턴의 일과를 아시나요?"

"잘 모릅니다. 인턴이면 그냥 자주 돌아다니는 게 전부 아닙니까?"

도진의 머릿속 인턴에 대한 이미지는 단순했다.

빠르게 뛰고 돌아다니는 역할.

그리고 그것은 로펌이라 해도 크게 다르지 않을 거다.

"맞습니다. 다만, 변호사라는 게 항상 범인들과 만나는 직업이다 보니까 현장을 돌아다니거나 증거 자료들을 검토하는 게 일상이죠. 그렇게 뛰다 보면 밥 먹을 때는 항상 지나 있고요."

"변호사는 식사 시간이 없나요?"

"없는 것은 아닙니다. 다만, 그것을 온전히 누릴 만한 시간이 인턴에게 허락되지 않는다는 게 문제죠."

한국의 변호사를 생각해 보면 법원 앞에서 죽치고 허송세월을 보내는 이들이 많다.

그런데 로버트의 말을 들어 보면 한국 변호사랑은 차이가 있는 듯했다.

아니면 그가 속한 로펌이 꽤나 대형 로펌이거나.

"그렇게 현장을 뛰어다니고 서류를 검토하면서 어떻게든 식사를 챙겨야 하는데, 샌드위치는 금방 배가 꺼지고. 그러다 보니 밀 하우스를 찾게 되더라고요. 가장 맛있는 음식이기도 했고."

"그런데 왜 3개나 사 가십니까? 그러면 하나만 포장해 가시면 되는 거 아닙니까?"

"그게…….."

궁금했던 부분이었다.

만약 회사에 가져가 먹는다고 하면 하나로도 충분했을 거다.

그런데 3개나 사 가는 것을 보면 분명 다른 이유가 있으리라 생각했다.

남자가 머뭇거리며 입을 열었다.

"사실 제가 좀 많이 먹는 편이라서요. 퇴근하고 2개 먹고 하나는 회사에 가져가서 틈날 때마다 한 수저씩 먹곤 합니다."

"아."

그의 말에 도진은 그제야 이해가 된다는 표정을 지었다.

3개나 사 가는 이유라 하기엔 다소 어이가 없는 부분이 없는 것은 아니었으나.

납득할 만한 이유는 됐으니까.

"그런데 밥 먹을 시간이 없으시면 정말 힘드시겠어요."

"힘들죠. 진짜 살이 10킬로는 빠진 것 같습니다."

"그러면 다른 직장을 알아봐도 되는 것 아닙니까?"

"아뇨."

남자가 단언하듯 고개를 저었다.

이것만은 포기하고 싶지 않다는 듯이.

"이건 제가 좋아하는 일입니다. 당장은 힘들어도 버틸 수 있습니다. 그리고 반드시 해내고 싶기도 하고요."

남자의 말에 도진이 슬며시 미소를 지었다.

이 남자는, 자신과 제법 닮은 면이 있다는 생각이 들었다.

비록 돈을 벌기 위해 버스 보이로 출발했으나, 자신 역시 카르만 덕에 요리를 흥미를 붙이지 않았는가.

그러고 나선 온갖 독설을 들으면서도 성공해 셰프가 되었다.

그 역시도 다르지 않았다.

그저 거리를 배회하는 인물에서 재희를 만나 꿈을 꾸고, 그 꿈을 이루려 고난을 겪고 있지 않은가.

도진은 입꼬리를 올린 채, 그에게 말했다.

"응원하겠습니다. 그리고 이건 제가 사는 겁니다."

"네? 계산은 아까……."

"안 했습니다."

한나가 카운터에 섰을 때.

도진은 그녀에게 계산하지 말라고 했다.

내 사인을 받은 한나는 자연스럽게 주문만 받고 자리에 앉았고.

계산을 하지 않았다는 것을 그제야 눈치챈 남자는 허겁지겁 지갑을 꺼내려 했지만.

도진은 포장이 담긴 비닐 봉투를 그에게 밀어 줄 뿐이었다.

"제 선물입니다. 아니, 이야깃값이라 해 두죠."

"제가 정신이 없어서……. 죄송합니다. 그리고 반드시 성공하겠습니다."

남자는 그렇게 말하며 자리에서 일어났다.

말에는 가치가 있는 법이다.

자신의 어려운 이야기를 꺼내 준 이에게 도진이 고작 3, 4달러쯤 하는 볶음밥을 사 주지 않을 이유가 없었다.

"파이팅입니다."

도진의 이야기를 들은 오버트는 고개를 한번 주억거리고는 발걸음을 옮겼다.

그가 성공할 가능성을 말한다면 모른다고 답할 거다.

하지만, 자신만의 꿈과 이상을 가지고 심지를 태우는 이들은 성공과 가까운 삶을 살게 된다.

아마 그 역시도 그럴 테고.

그런 이라면 분명 성공할 수 있으리라.

도진은 생각했다.

로버트의 이야기를 듣고 얼마나 시간이 흘렀을까.

밀 하우스는 여전히 바쁘게 제 몸을 놀리고 있었다.

손님들은 즐거이 이야기를 나누고, 가끔은 전에 만났던 벨라가 반갑게 인사를 건네기도 했다.

아무래도 전에 이곳에 왔던 벨라의 아버지는 인생을 열심히 살아가고 있는 모양이었다.

일이 몰린 탓에 바쁘게 살고 있지만, 그럼에도 불구하고 저녁 시간과 주말에는 항상 자신과 함께 시간을 보낸다고.

동시에 밀 하우스에서 먹었던 라자냐와 애플파이를 그리워한다는 이야기를 덧붙였다.

도진은 흐뭇한 표정을 지으며 그런 벨라의 이야기를 들어주었다.

그렇게 도진이 밀 하우스에 온 지 3개월이 흘러갈 때쯤이었다.

딸랑-.

익숙한 시간대에 한 남자가 밀 하우스에 방문했다.

밀 하우스에 들어온 인물은 깔끔한 양복에 머리까지 시원하게 넘긴 인물이었다.

분위기가 달라지긴 했으나, 도진은 그 사람이 누구인지 금방 알아차릴 수 있었다.

"로버트?"

"도진, 오랜만입니다."

행색은 달라졌으나 로버트가 분명했다.

그는 도진에게 다가오더니, 새로운 명함을 건네주었다.

동일한 로펌의 명함이었으나, 도진은 달라진 점을 어렵지 않게 알아차릴 수 있었다.

"정식 변호사가 되었군요, 로버트."

"하하, 맞습니다."

그가 내민 명함에는 수습이라는 단어가 사라져 있었다.

변호사라는, 자신만의 꿈을 가진 이는 자신의 꿈을 이루고 멀끔한 복장으로 자신의 앞에 서 있었다.

전생에 자신이 그러했듯, 로버트는 자신의 꿈을 이룬 것이었다.

"말하신 것처럼 여러분 덕에 변호사가 될 수 있었습니다."

"그게 어디 저희 덕입니까? 로버트가 부단히 노력했기에 이룬 업적 아니겠습니까?"

"아뇨."

로버트가 고개를 저었다.

처음 도진이 그에게 힘들면 직장을 옮겨도 되지 않냐 제안했을 때처럼 단호하게.

"제가 여기까지 올 수 있었던 것은 밀 하우스 덕분입니다. 만약 밀 하우스가 없었더라면 저는 지금도 저 길거리를 헤매는 이들과 다름이 없었을 겁니다. 저를 지금까지 먹여 살려 주셔서, 꿈을 갖게 해 주셔서, 또 믿어 주셔서 감사합니다."

로버트가 고개를 숙여 도진과 재희를 향해 고개를 숙였다.

언제 왔는지, 도진의 옆에 선 재희는 그런 로버트를 흐뭇한 표정으로 바라보고 있었다.

재희는 그런 남자에게 다가가 입을 열었다.

"감사할 필요 없습니다. 그저, 앞으로 다른 이들에게도 제가 한 것처럼 해 주세요. 그거면 됩니다."

"물론입니다. 그리고 그것만으로 지금까지의 은혜를 퉁칠 생각도 없습니다."

그렇게 말한 로버트가 자신의 손에 들린 종이백에서 무언가를 꺼내 들었다.

그가 꺼내 든 것은 포장지에 둘러싸인 무언가였다.

"제 작은 선물입니다. 받아 주세요."

"선물요?"

"네. 한번 열어 보시죠."

로버트가 의미심장한 미소를 띠었다.

도진은 의아한 표정을 지으면서 그 포장지를 뜯기 시작했다.

그리고 포장지를 뜯고 드러난 선물 상자의 겉면에는 'ASTELL'이라는 단어가 적혀 있었다.

'아스텔? 내가 아는 그 아스텔?'

도진은 이 브랜드가 어떤 곳인지 알고 있었다.

아니, 요리사라면 한 번쯤 들어 봤을 브랜드다.

아스텔. 이곳은 전 세계적으로 가장 유명한 프리미엄 칼 브랜드였다.

유명한 브랜드라면 다들 공장에서 뽑아내는 방식을 택하겠지만.

아스텔은 수공업을 택하고 있었다.

그 이유에 대해서 누군가가 묻자, 아스텔은 이렇게 답했다.

공장에서 찍어 내는 칼에는 영혼이 없다고.

빈껍데기만을 손에 쥐어 봐야 그 한계는 두드러지게 나는 게 당연하고…….

정말 최고의 요리사라면 그 한계를 알 것이라면서 말이다.

실로 자부심이 넘치는 말이었다.

자신의 브랜드가 다른 브랜드의 칼과는 전혀 다르다는 것을 설명한 아스텔은 요리사들이 원하고 또 원하는 브랜드가 되었다.

그들의 말은 단순히 허세가 아니었으니까.

'잘 무뎌지지도 않고 애프터서비스도 확실한 편이니까.'

아스텔의 본사는 공방이나 다름없다.

질 좋은 철과 합금을 쌓아 두고, 망치와 모루가 만나는 소리가 곳곳에서 들리는 곳.

아스텔은 이 과정을 보고 영혼을 불어넣는 작업이라고 칭하곤 했다.

좋은 칼을 만들어 요리사와의 합을 맞출 수 있게 하는 작업이라나 뭐라나.

그들이 말하는 칼의 영혼이 있는지 없는지는 알 수 없는 노릇이었으나.

그들의 말이 사실이라는 것을 증명이라도 하듯, 그들의 칼은 항상 최상급을 유지해 왔다.

가격만 해도 살이 떨릴 정도다.

최소 수백에서 정말 비싼 것은 수천에 달하는 칼도 있었으니.

몇몇 사람들은 그런 칼을 왜 사냐고 묻기도 했다.

그러나 이 칼을 쓰는 이들은 대부분 유명한 다이닝의 셰프를 시작으로 호텔 헤드 셰프들이 물려줘서 사용되기도 했다.

실제로 이 칼을 몇 대에 걸쳐 사용하는 이들도 있다고 들었을 정도니.

칼의 위상이 높은 것은 말할 것도 없는 부분.

괜히 요리사들이 갖고 싶다 말하는 브랜드가 아니었다.

덕분에 주문 제작을 넣으면 최소 몇 개월은 지나야 받을 수 있다고 했는데…….

로버트는 그것을 아무 미련 없이 도진과 재희에게 건네준 상황이었다.

"이건 너무 비쌉니다."

"일단 열어 보시죠."

상자를 열기도 전에 그 가치를 눈치챈 도진이 그에게 칼을 돌려주려 했으나, 로버트는 얼른 열라며 그를 재촉할 뿐이었다.

그리고 상자를 열었을 때.

'와…….'

얼마나 연마를 했는지 광택을 내는 칼.

날은 어서 자신을 사용해 달라는 양 예기가 서려 있었으며, 측면에는 아스텔의 이름과 함께, 밀 하우스의 로고와 도진의 이름이 음각으로 새겨져 있었다.

한눈에 봐도 여간 비싼 칼이 아니었다.

"두 분 다 요리하시는 분들인데 어떤 선물을 드려야 할지 정말 고민 많이 했습니다. 칼을 제일 많이 쓰실 것 같아 준비했는데, 마음에 드실지 모르겠습니다."

마음에 들고 아니고의 문제가 아니다.

이런 칼을 두 개나 준비할 정도면 보통 돈을 들인 게 아닐 게 분명하다.

최소 천만 원에 달하는 금액은 사용했을 텐데.

이런 것을 어떻게 받겠는가.

"너무 과한 것 같습니다. 한두 푼 하는 칼도 아니고요."

"괜찮습니다. 원래 선물은 주는 사람 마음 아니겠습니까?"

"그래도요. 이건 너무 과한 것 같습니다."

몇 번의 실랑이가 이어진다.

로버트는 어떻게든 도진에게 칼을 전해 주고 싶다는 입장이었고, 도진은 이렇게 비싼 칼을 받을 순 없다고 했다.

재희는 뒤에서 새로 생긴 칼에 기뻐하며 휘바람을 불 뿐이었다.

그렇게 5분 정도 실랑이가 벌어질 때였다.

"그럼 이렇게 하는 게 어떻겠습니까?"

"어떻게요?"

"어차피 그 칼은 각인이 된 상황이라 환불할 수도 없는 상황입니다."

도진이 고개를 끄덕였다.

로버트의 말대로 현재 칼에는 도진의 이름, 밀 하우스의 로고가 각인되어 있었다.

그런 상황에서 환불을 요청한다면 받아 주지 않을 확률이 높다.

로버트는 웃으며 입을 열었다.

"그 칼로 제게 음식을 만들어 주시면 어떻겠습니까?"

"이 칼로 요리를요?"

로버트가 고개를 끄덕인다.

그는 정말로 자신이 좋은 아이디어를 내놓았다는 듯, 미소를 유지한 채 입을 열었다.

"그리고 그 칼은 식사비로 지불한 것으로 하면 어떻겠습니까?"

"이 정도 칼이면 최고급 다이닝은 되어야 할 텐데요."

"에이. 그렇게 안 해 주셔도 됩니다. 나머지는 팁으로 치겠습니다."

확실히, 팁이라면 주는 사람 마음이긴 한데…….

도진이 고개를 들어 로버트를 바라보았다.

정말 칼을 도진에게 전달하고 싶은 표정이다.

그것을 본 도진이 고개를 끄덕였다.

"그럼 그렇게 하겠습니다. 그리고…… 선물 감사합니다."

"제가 더 감사하죠."

그렇게 말한 남자가 자리를 찾아 발걸음을 옮겼다.

음식이 나오는 동안 잠을 잤던 그 자리였다.

도진은 빙긋 웃으며 주방으로 향했다.

예상치 못한 귀한 선물을 얻었다.

이 선물에 대한 답례로 어떤 것을 해 주어야 할지 고민하면서.

<hr>

주방에 들어간 도진은 자신의 앞에 놓인 오더를 보며 잠시 생각에 잠겼다.

　　[주인장 마음대로 1]

로버트의 주문은 주인장 마음대로.

평소라면 후다닥 해치웠을 도진이었으나.

오늘만큼은 이만큼 신경 쓰이는 주문이 없었다.

그도 그럴 게 이 음식의 대가로 받은 게 아스텔이지 않던가.

그것도 각인까지 했다면 필시 주문 제작으로 만든 칼일 테고.

가격은 수백은 훌쩍 넘었을 거다.

그것을 선뜻 내밀면서 주문한 것이 주인장 마음대로였으니, 도진의 입장에선 신경이 안 쓰이려야 안 쓰일 수가 있나.

'난감하네.'

도진이 인상을 살짝 찌푸린다.

다른 밀 하우스의 손님들이라면 그간 먹어 온 것들을 고민하고 생각해서 그와 흡사한, 혹은 같은 재료로 전혀 다른 음식을 만들어 주었을 거다.

하지만 여태껏 로버트의 주문은 일관됐었다.

볶음밥.

고작 4달러짜리 음식을 꾸준히 주문한 이에게 어떤 것을 만들어 줘야 할지 전혀 감이 오질 않았다.

"뭐 그렇게 어렵게 생각해?"

반면 재희는 여유로운 표정이었다.

이쯤되면 자신이 받은 칼의 가치를 잘 모르는 건가 싶은 생각도 스멀스멀 머릿속에 들었다.

재희는 빙긋 웃으며 입을 열었다.

"그냥 평소대로 만들면 되잖아. 메뉴 정해 줘?"

"그러기에는 받은 칼이 너무 비싸서. 어떤 것을 만들어 줘야 좀 적절한 대답이 될까 고민하고 있었어."

"아, 이 칼. 그렇게 비싼 건가? 칼이 비싸 봐야 몇만 원 아냐?"

도진의 예상대로 재희는 자신이 받은 칼의 가치를 잘 모르는 모양이었다.

재희다운 모습이기도 하지만.

"형, 이거 정말 비싼 브랜드야. 각인까지 넣은 거면 최소 몇천만 불은 할걸."

"어? 몇천만 불? 몇만 불이 아니라?"

"응. 그래서 원래 밀 하우스 손님들에게 해 줬던 거랑 똑같은 걸 내기 좀 그래서 그랬어."

재희는 멍한 표정을 지었다.

그러고는 도진이 말한 몇천만 불이라는 단어만을 중얼거릴 뿐이었다.

도진은 그를 잠시 바라보다 홀에 있는 로버트를 바라보았다.

너무도 여유로운 자세로 휴대폰을 뒤적거리는 로버트.

와서 벽에 기대 잠들었던 허름한 행색의 손님이라고는 믿을 수 없는 모습이었다.

"확실히, 고민할 만하네."

"응. 그래서 말인데, 혹시 예전에 로버트가 주문한 다른 음식은 없었어? 볶음밥 말고 말이야."

"볶음밥을 제외하고 다른 음식이라……."

재희는 잠시 생각에 잠긴 듯했다.

미간이 좁아지는 게, 볶음밥을 제외하고는 생각나는 게 없는 모양이다.

"미안. 나도 지금까지 볶음밥 말곤 다른 걸 먹는 걸 본 적이 없네."

"그렇구나……."

도진이 침음을 삼키며 로버트가 준 칼을 바라보았다.

수백이 넘는 선물을 덥석 줄 정도의 성공을 이룬 이가 바라는 것이 무엇일까?

만한전석에 버금가는 진수성찬?

아닐 것이다.

밀 하우스는 그런 음식을 만들 수 없을뿐더러, 처음 그가 아무 대가 없이 칼을 주었던 것을 생각한다면 그런 것을 원하는 것이 아닐 것이다.

그렇다면 어떤 것을 원하는 걸까?

'무엇을 위해 밀 하우스를 방문했을까?'

질문은 꼬리에 꼬리를 물고 다른 주제까지 넘어갔다.

그리고 도진은 그곳에서 그 질문에 대한 대답을 얻을 수 있었다.

'추억.'

성공한 로버트가 갈 수 있는 식당은 많았을 것이다.

미슐랭의 선택을 받은 최고급 다이닝의 식사도 이 칼의 가치만 하지 못했을 것이니까.

하지만 굳이 밀 하우스를 선택해야만 했던 이유라면 역시 추억밖에 없다.

자식이 성장해 부모님께 선물과 함께 감사 인사를 올리듯.

그에게 밀 하우스는 자신이 세상을 살아갈 용기를 얻은 곳이자, 성장의 추억이 담긴 곳이었으니 고향과 다름없는 의미를 가지고 있을 거다.

로버트는 그런 밀 하우스에게 감사 인사를 하고 싶었던 거고…….

그렇다면 만들어 줄 음식은 하나였다.

"볶음밥으로 가자."

뻔하다 생각할 수 있었으나, 볶음밥은 자신의 입으로 가장 맛있다 말한 음식이었고, 성장의 추억이 담긴 음식이기도 했다.

그렇다면 추억을 찾아온 이에게 해 줄 음식은 이것뿐이지 않겠는가.

"너무 식상하지 않아? 저 정도 성장했으면 더 좋은 음식을 해 줘도 될 것 같은데."

재희가 의구심 어린 목소리로 묻는다.

고작 4달러의 음식이 수백만 원을 호가하는 선물의 답례로 건네기에는 수지가 맞지 않다 생각한 것이었다.

도진은 고개를 설레설레 저으면서 입을 열었다.

"전에 대화할 때 가장 맛있는 음식이라고 말해 주었거든. 어설프게 다른 메뉴를 시도하는 것보다는 괜찮게 먹히지 않을까?"

"으음…… 본인이 그렇게 말했다면야."

"그리고 그걸 조금 꼬아서 가자."

"꼬아서? 어떻게?"

재희가 고개를 갸웃거린다.

잘 모르겠다는 듯한 표정이다.

볶음밥을 내주겠다는 생각이 변한 것은 아니다.

하지만 조금은 생각을 달리할 필요도 있지 않을까?

같은 음식도 다른 방향으로 변형해 감동을 줄 수 있는 법이니까.

"볶음밥을 베이스로 아란치니를 만들어 보면 어떨까 싶어."

"아란치니? 그 밥튀김?"

"맞아."

아란치니는 유럽에서 가벼운 한끼 식사로도 먹는 음식이었다.

주먹밥에 라구소스, 모차렐라 등을 집어넣고 **빵가루를 묻**

혀 튀겨 낸 음식.

도진은 그것을 볶음밥 버전으로 만들어 볼 생각이었다.

"맛이야 있겠지만, 괜찮겠어? 조리법이 달라지면 맛도 달라질 텐데. 그럼 원래 먹고 싶다던 볶음밥과 달라지는 거 아니야?"

일리 있는 말이었다.

조리법이 달라지면 기존의 맛이 달라진다는 것은 당연한 이야기니까.

동시에 추억도 조금 달라질 수 있겠지.

그것을 알면서도 도진이 아란치니를 제시한 데에는 이유가 있었다.

"확실히 그럴 수도 있겠지만, 여기에 새로운 의미를 부여하면 괜찮겠다 싶어서."

"의미? 예를 들면?"

"그건 말이야……."

도진이 재희의 귀에 무엇인가를 속삭였다.

그것을 들은 재희는 이내 웃음을 머금고는 답했다.

"도진이 너. 천재냐?"

도진이 미소를 지었다.

완성된 음식을 먹고 로버트가 어떤 표정을 지을지 기대하면서.

10분쯤 걸렸을까.

도진은 완성된 아란치니를 들고 주방에서 나왔다.

그는 완성된 음식을 로버트의 앞에 내려놓으며 입을 열었다.

"주문하신 주인장 마음대로 나왔습니다."

"오, 이건 무슨 음식이죠?"

"아란치니라는 음식입니다."

"아란치니?"

"쉽게, 밥을 뭉쳐서 튀겼다 생각하면 됩니다."

"아하……."

도진의 말에 고개를 끄덕인 로버트가 흥미롭다는 표정을 지었다.

그러고는 스마트폰으로 자신의 앞에 놓인 아란치니를 찍고는, 스푼과 나이프를 집어 들었다.

바사삭!

밥 겉면에 둘러싸인 얇은 튀김옷이 맛있는 소리를 내며 갈라진다.

뽀얀 수증기를 내뿜으며 속살을 드러내는 아란치니를 본 로버트가 잠시 멍한 표정을 짓더니, 고개를 들어 도진과 눈을 맞춘다.

"이건…… 볶음밥입니까?"

"네. 맞습니다."

도진이 고개를 끄덕인다.

물론 단순한 볶음밥은 아니다.

원래 그가 먹던 볶음밥에 수분기를 한번 날려서 튀김이 더 바삭해질 수 있도록 했고, 기름기를 한 번 빼서 원래의 식감과 맛을 유지할 수 있도록 최선을 다했다.

"하, 하하하하! 제가 제일 좋아하는 게 이 볶음밥이라는 것을 아직도 기억하고 계셨군요."

"그럼요. 어떻게 로버트 당신처럼 인상 깊은 손님의 말을 허투루 들을 수 있겠습니까?"

"인상 깊다까지야. 그냥 일반 손님이었죠. 그런데 이렇게 튀겨서 주신 이유가 따로 있으십니까?"

로버트가 흥미롭다는 양, 도진에게 질문을 던진다.

도진은 빙긋 웃으며 그에게 대답했다.

"당신이 왜 성공하고도 이곳에 왔을지 생각해 봤습니다."

로버트가 도진과 눈을 맞춘다.

고작 밀 하우스에 얼굴을 비춘 지 몇 달 안 된 스태프가 자신의 의도를 고민하고 있었으니, 조금은 흥미가 돋은 모양이었다.

"재희 형에게 로버트 당신이 이곳에 처음 왔을 때를 들었고, 저는 인턴일 때의 당신의 모습을 봤습니다."

"맞죠. 참 힘들었을 때죠."

로버트가 추억에 잠긴 표정으로 고개를 끄덕인다.

그때의 추억은 다시 생각해도 정말 고통스러운 나날이었다.

가벼운 교통사고와 같은 경범죄자를 시작으로, 가끔은 살인, 강도를 일삼은 흉악한 범죄자를 만나 그들의 이야기를 들었을 때면 정말이지 머리가 어떻게 될 것만 같았다.

그럴 때마다 자신을 달래 주는 것은 직장 상사의 위로도, 티비 예능쇼의 한 장면도 아닌.

밀 하우스의 볶음밥 한 수저였다.

고작 음식이 뭐가 그리 좋냐는 주변의 시선이 있었으나 상관하지 않았다.

그에게 볶음밥은 곧, 자신이 다시 일어날 용기를 준 음식이었으니까.

"한 가지의 음식만 고집했던 손님이었기에, 어떤 것을 고민하다 내놓은 음식이 이것이었습니다."

도진이 자신의 밑에 놓인 아란치니를 바라보았다.

속이 갈라진 아란치니 위로 라구 소스가 흥건히 속을 적시고 있었다.

"손님께 드린 아란치니는 튀김옷으로 둘러싸여 있지만, 속을 잘라 보면 손님께서 좋아하시는 볶음밥이 들어 있죠. 이 음식처럼 힘든 시기를 잘 이겨 내셨으니 앞으로 좋은 일만 많이 겪으면 하는 마음에서 이 음식을 선정했습니다."

도진의 말에 로버트가 잠시 도진을 바라보았다.

설마, 매번 같은 먹던 음식에 전혀 다른 의미를 부여할 줄은 몰랐다는 양.

물론, 이게 그가 준 칼만큼의 가치는 되지 않을 거다.

하지만…… 대답은 될 수 있겠지.

우물우물.

로버트가 반으로 가른 아란치니를 입에 집어넣었다.

그리고 몇 번 우물거리더니, 이내 미소를 머금고는 입을 열었다.

"정말 맛있군요."

바삭한 식감, 안에 담긴 볶음밥과 살짝 매콤하면서도 토마토의 풍미가 볶음밥의 감칠맛을 더 끌어올린다.

볶음밥과 토마토 베이스의 라구 소스의 조합.

이건 전에는 없던 신선한 조합이었으나, 둘은 튀김옷과 함께 이들은 서로서로 부족한 맛을 보완해 주며 시너지를 일으켜 주고 있었다.

"감사합니다. 더 먹고 싶은 거 있으시면 말씀해 주세요."

"아뇨. 이거면 충분합니다."

로버트가 입에 있는 아란치니를 마저 삼키며 답했다.

그리고는 잠시 아란치니와 도진을 번갈아 보곤 입을 열었다.

천재셰프
회귀하다

"처음에 볶음밥을 주문했던 것은 저렴하고 양도 있어서 먹었습니다. 나름 대형 로펌이라곤 하지만, 인턴에게 떨어지는 급여는 정말 짰거든요."

그때 일을 생각하며 절로 헛웃음이 나오는 건지.

로버트가 픽, 미소를 흘린다.

그러곤 도진과 눈을 맞추며 입을 열었다.

"그런데 시간이 흐르니까 이것만큼 맛있는 게 없더라고요."

말을 마친 로버트가 자리에서 일어난다.

그러곤 도진에게 악수를 청했다.

"맛있는 음식을 더 맛있게 만들어 주셔서 감사합니다. 그리고, 나중에 혹시 제 도움이 필요한 일이 생긴다면 불러 주세요."

"알겠습니다."

도진이 로버트의 손을 붙잡았다.

그런 로버트의 입가에는 역경을 딛고 일어선, 성공한 자만이 누릴 수 있는 여유로운 미소가 감돌고 있었다.

밀 하우스의 영업이 끝나고.

언제나처럼 한나가 가장 먼저 자리에서 일어난다.

도진은 주방 정리를 마치고는 로버트가 선물로 준 칼을 바라보고 있었다.

'예쁘긴 진짜 예쁘네.'

예리한 예기를 품은 칼날, 매끄럽게 빠진 칼의 전신을 바로 보고 있노라면 왜 요리사들에게 인기가 있는지 알 수 있는 부분이었다.

그렇게 선물로 받은 칼을 보며 잠시 감상에 젖을 때쯤.

"도진아."

재희가 도진을 불렀다.

그는 어딘가 피곤한 표정이었다.

"응? 재희 형, 왜 불러?"

"오늘 별일 없으면 맥주나 한잔할까 해서. 생각 있어?"

그 말에 도진이 살짝 당황했다.

지금까지 재희는 먼저 술을 마시자는 의견을 낸 적이 없기 때문.

'무슨 일이라도 있나?'

특별한 일은 없었는데, 그가 먼저 술 이야기를 꺼낸 것이라면 무언가 이유가 있으리라 생각했다.

로버트에 대한 이야기일 수도 있고.

아니면 밀 하우스에 대한 이야기거나 정말 수다를 떨고 싶을 수도 있겠지.

"좋아요, 형. 같이 마셔요."

도진의 대답에 재희가 희미하게 웃었다.

뭐가 되었든 상관없다 생각했다.

밀 하우스에서 일하며 자신의 친형이나 다름없는 존재가
된 재희였다.

그의 고민이나 수다쯤이야 얼마든 들어 줄 수 있는 노릇
아니겠는가.

"좋아. 그럼 가자."

재희가 먼저 발걸음을 옮겼고.

도진이 그 뒤를 따랐다.

재희

재희의 발걸음이 멈춘 것은 밀 하우스에서 그리 멀지 않은 펍이었다.

'아티초크'라는 이름을 내건 펍의 간판은 형형색색의 형광등으로 이름을 표시하고 있었고.

그 모습이 조금은 촌스러우면서도 나름 가게의 분위기를 띄우고 있었다.

"여어. 재희 왔냐? 오랜만이네."

"안녕하세요, 사장님."

재희를 따라 펍의 안쪽으로 들어온 도진은 주위를 한번 둘러보았다.

가게 내부는 제법 조용한 편이었다.

테이블을 차지하고 앉아 대화를 나누는 덩치 큰 남자들이 있긴 했으나, 말소리가 그리 큰 것은 아니었다.

대화하기에 딱 좋은 느낌이랄까.

재희는 카운터 석의 한구석에 자리를 차지하고는 입을 열었다.

"아저씨, 오랜만에 봤는데 조금 젊어지신 것 같은데요?"

"새끼, 빈말은. 그나저나 가게 바쁘다고 한창 안 오더니 무슨 일이냐? 옆에 있는 애는 누구고?"

아티초크 펍의 사장으로 보이는 남자는 구릿빛 피부가 인상적인 남자였다.

제법 장신에 옷 너머로 보이는 근육은 하루 이틀 사이에 만들어진 것은 아닌 듯했다.

그는 재희와는 제법 친분이 있는 듯 보였다.

남자는 도진을 바라보고는 고개를 갸웃였다.

재희는 능청을 떨며 입을 열었다.

"아, 이번에 저희 식당 도와주는 친구예요. 도진아, 여긴 존 아저씨야."

"아, 반갑습니다. 도진이라고 합니다."

"하하하. 그래."

존이라고 소개한 남자가 도진을 향해 손을 뻗어 악수를 청한다.

도진은 그런 존의 손을 가볍게 잡아 인사했다.

"그래. 뭐로 주문할래?"

"오랜만에 라거나 마시죠, 뭐. 도진이 너는?"

"저도 같은 것으로 주세요."

"하하하, 그래! 조금만 기다려."

그렇게 답한 존은 뒤에 있는 찬장에서 잔을 두 개 꺼내더니, 이내 맥주를 채워 재희와 도진에게 나눠 주었다.

잔의 크기는 제법 큰 편이었다.

아마 용량으로 치면 700CC는 될 법한 양.

"짠?"

재희는 자연스럽게 잔을 들고는 도진에게 건배를 요청했고.

"짠."

도진은 가볍게 재희의 잔을 두드리는 것으로 대답했다.

맥주는 정말 맛있었다.

일을 끝내고 와서인지, 아니면 이 점포만의 특별한 비결이 있는지는 모르겠으나, 정말 잊히지 않을 만한 맛이었다.

도진은 맥주를 조금 마시고는, 재희에게 넌지시 질문을 던졌다.

"그런데 무슨 일 있어? 재희 형이 이렇게 먼저 술 마시자고 한 것은 이번이 처음인데."

"딱히 그런 것은 없는데. 너랑 술 마시면서 대화한 적이 없었잖아. 그래서 그렇지 뭐."

재희가 어깨를 으쓱이며 답한다.

하기야, 최근 들어서는 정말 정신없이 일하긴 했다.

하루에 밀려드는 밀 하우스의 손님이 적은 것도 아니었고.

최근 들어서는 벨라의 친구들이나 로버트의 추천을 받고 온 손님까지 더해진 탓에 퇴근하고 나면 침대에 쓰러져 잠에 드는 것이 일상이었다.

물론 주방에서 얼굴을 보고 대화를 하긴 하지만, 재희의 생각으로는 그것만으로 부족하다 판단한 듯했다.

"일은 힘들지 않냐? 요즘 손님 부쩍 늘어서 한나도 피곤해 보이던데."

"괜찮아. 가게가 잘될 때 노 저어야지."

"그래도 너무 무리하지 말고. 나중에 휴가라도 주든 해야지. 원."

"에이, 형. 나 진짜 괜찮아. 그러니까 나 걱정 말고 가게에만 집중하자."

이미 십수 년을 넘어 회귀해서도 요리를 하고 있는 도진이었다.

힘들긴 해도 버티지 못할 정도로 정신력이 약하진 않았다.

"뭐, 네가 그렇게 말한다면야. 그래도 힘들면 꼭 말하고."

"응. 고마워, 형."

재희는 그렇게 말하고는 맥주를 들이켰다.

이렇게 보면 제법 술을 좋아하는 것 같은데 왜 지금까지 술을 마시지 않았나 하는 의아함이 몰려오긴 했으나, 굳이 그것을 입 밖으로 내뱉지는 않았다.

도진은 맥주를 한 모금 마시고는 화제를 돌렸다.

"근데, 형. 우리 밀 하우스도 슬슬 직원 충원해야 하지 않아?"

가장 궁금했던 질문이다.

보통 밀 하우스 정도의 손님들을 응대하기 위해선 최소 4명 이상의 직원을 둔다.

두 명은 주방에서 바쁘게 음식을 만들고 둘은 새로운 손님들을 응대하는 식으로.

반면 밀 하우스는 도진을 포함해 세 명의 직원을 이용하고 있었다.

한나는 홀, 재희는 주방, 도진은 홀과 주방을 오가며 프리하게 돕는 식으로 말이다.

만약 직원을 둔다면 지금보다 더 수월하게 밀 하우스를 운영할 수 있으리라는 것을 재희도 모를 리는 없을 텐데.

왜 그렇게 운영하지 않는 걸까?

재희는 맥주를 조금 더 마시고는 입을 열었다.

"그렇게 하면 몸은 편할 수 있어도 맛이 달라지잖아."

"맛? 그거야 같은 레시피로 요리하면 똑같이 나올 텐데?"

"다들 그렇게 생각하곤 하는데. 절대 그렇지 않아."

재희가 고개를 저었다.

상식적으로 같은 레시피를 공유한다면 음식의 맛이 달라질 리 없다.

　그런데 재희는 그렇지 않다고 말하고 있었다.

　"같은 레시피도 어떤 사람이 하느냐에 따라 맛이 완전히 달라지거든. 고급 일식집에서 일하는 사람들 이야기 들어 본 적 있어?"

　"제대로 초밥을 배우기 위해서는 8년인가를 잡일만 한다는 이야기? 그 이야기는 왜?"

　"초밥을 만드는 방법은 모두가 알고 있잖아. 회를 와사비가 올라간 밥에 올려놓으면 된다는 거. 그런데 굳이 8년이라는 시간을 들이는 이유가 뭐겠어."

　"제대로 요리를 익히기 위해서?"

　"뭐 그런 거지."

　그렇게 말하며 어깨를 으쓱이는 재희.

　하지만 도진은 그런 재희의 말이 잘 이해되질 않았다.

　그래 봐야 아주 약간의 차이일 거다.

　조금 간이 바뀌거나 하는 정도의.

　일반인들은 눈치채기 어려울 정도의 근소한 차이일 텐데, 그것 때문에 직원을 뽑지 않는다고?

　"그리고 무엇보다 내 성향 때문인 것도 있어."

　"그게 무슨 이야기야?"

　"여기, 밀 하우스는 정말 오랜 시간 내가 키워 온 곳이야.

단골들은 나랑 가족 같은 사이고. 그러다 보니까 다른 상식적인 것들에 얽매이면서 요리하기 싫더라고."

재희가 씩 웃으면서 말했다.

매일 장난스러운 웃음과 밝은 표정을 짓고 있지만, 도진은 그 역시 제법 힘들게 살아오고 있음을 알고 있었다.

저녁마다 기절하듯 잠드는 것을 한두 번 본 게 아니니까.

하지만 재희는 자신이 힘든 것을 숨겨 가며 손님께 항상 밝은 모습만 보여 주려 애쓰고 있었다.

"그런데 이런 손님과 나 사이에 다른 사람이 끼어들게 되면 그 관계가 무너질 것 같아서 굳이 뽑진 않고 있어."

"그렇구나."

도진이 고개를 끄덕거린다.

식당의 운영 권한은 오롯이 셰프의 권한이다.

만약 셰프가 직원을 많이 두지 않고 손님에게 집중하길 정했다면 가타부타 할 만한 일이 아니라는 뜻.

"전부터 생각했는데, 재희 형은 손님들을 굉장히 아끼네."

"다들 그렇지 않나? 식당이라는 게, 결국 운영되려면 손님의 존재가 중요하니까. 그리고 셰프가 손님을 신경 쓰지 않으면 손님은 식당을 잊어버리기도 하고."

정석적인 답변이었다.

하지만 그것을 말하는 재희의 표정에는 진심이 담겨 있었다.

그가 손님을 얼마나 아끼는지는 옆에서 봐 와서 알고 있다.

당장 오늘 만났던 로버트만 하더라도 재희가 일면식도 없는 그를 만나 음식을 무료로 주면서 인연이 만들어지지 않았던가.

처음 보는 사람에게 자신의 가게에서 판매되는 음식을 무료로 줄 만한 사람이 과연 얼마나 될까?

많지 않을 것이다.

웬만한 고객에 대한 애정을 갖지 않는 이상은 불가능에 가까운 일이라 보는 게 맞겠지.

"왜, 내가 본 몇몇 식당들을 보면 손님들을 돈으로 보는 곳도 많았거든. 실제로 뉴스에도 이런 이야기가 들려오곤 하잖아. 음식을 재활용했다느니. 손님을 무작정 대기시켰다느니."

"그런 녀석을 왜 셰프라고 부르는 거야? 그런 사람들에게 셰프라 부르는 게 잘못된 거지. 셰프가 손님을 사랑하는 데에는 잘못된 게 없어."

재희가 미간을 좁히며 답했다.

손님을 사랑하는 셰프인 만큼, 손님을 돈으로 보는 셰프들의 이야기는 불편한 모양이었다.

도진이 재희를 바라보며 넌지시 질문을 던졌다.

"그럼 재희 형, 형 꿈은 뭐야?"

"내 꿈? 갑자기?"

"그냥, 듣고 싶어서."

재희를 보고 있노라면 조금 신기한 분위기였다.

보통의 셰프들이라면 성공을 바라보며 어떻게든 이득을 더 챙기려 하고, 성공을 위해 아득바득 달려가는 경우를 심심찮게 볼 수 있는데.

재희는 아니었다.

그들보다는 조금 더 느긋한.

현 상황에 만족하는 듯한 모습.

그런 재희를 옆에서 보다 보니, 호기심이 생겼다.

매일 장난스러운 모습을 보이는 그가 가지고 있는 꿈이 무엇일지.

"뭐, 별거 없어."

재희는 도진을 보며 씩 웃었다.

마치 장난을 칠 때처럼 장난스러운 표정.

그러나 그런 재희의 입에서 나온 말만큼은 진심이 가득 묻어 있었다.

"자유롭게, 다른 사람의 시선 따위 신경 쓰지 않고 손님들과 함께 웃고 즐기는 식당을 만드는 것. 그게 내 꿈이야."

그의 말에 도진이 잠시 멍하니 재희를 바라보았다.

확실히 특이한 사람이었다.

사람이라면 물욕적인 것에 대한 욕심이 조금은 담기기 마련인데, 그는 금전적인 것은 전혀 신경을 쓰지 않는 듯한 모습이었다.

동시에 지금 밀 하우스의 모습이 떠올랐다.

손님들과 함께 어우러지면서 소란스러운 식당.

그 모습에는 고급 파인다이닝처럼 고급스러움과 세련됨은 담겨 있지 않았으나.

사람들과 사람이 얽혀 만드는, 인간적인 부분이 존재하고 있었다.

'파인다이닝을 다시 차리는 게 꿈이지만, 내가 원하는 것은 어떤 파인다이닝의 모습은 어떤 거지?'

파인다이닝을 다시 열고 싶다.

그건 도진의 욕망이었다.

하지만 단순히 파인다이닝을 다시 열고 싶다는 욕망만 있을 뿐, 제대로 어떤 것을 만들고 싶다는 게 없었다.

고급스러운 파인다이닝을 만드는 게 도진이 원하는 것인지.

아니면 무작정 열기만 하는 게 목표였는지.

'아니야.'

도진이 고개를 저었다.

자신이 만들고 싶은 모습은 성공에 목매고 달려가는 곳이 아니었다.

사람들과 함께 음식을 즐기고 대화를 나눌 수 있는 파인다이닝.

도진이 원하는 것은 그런 파인다이닝이었다.

"넌?"

재희가 도진을 바라보며 질문을 던진다.

평소처럼 호기심과 장난기 어린 표정으로.

"나도 비슷해."

비록 재희와 추구하는 장르는 다르다.

재희는 비스트로, 도진은 파인다이닝이니까.

하지만 똑같이 성공이 아닌 사람 냄새가 나는 식당을 지향한다는 점만은 동일했다.

"그럼 우린 동료네."

그렇게 말한 재희가 슬쩍 잔을 들어 건배를 요청한다.

도진은 그런 재희의 모습을 보며 픽 웃고는 잔을 부딪쳤다.

쨍-.

밀 하우스. 단순히 거쳐 가는 곳이라 생각했던 이곳은 점차 도진의 마음 한구석에서 더욱 크게 자리를 잡아가고 있었다.

한바탕 맥주를 들이붓고는 도진과 재희는 집으로 돌아왔다.

그런 도진의 어깨에는 술에 취해 축 늘어진 재희의 팔이
둘러져 있었다.

'설마 술이 이렇게 약할 줄이야.'

재희는 고작 맥주 한 잔을 다 비우곤 자신 있게 한 잔 더를
외치더니, 반도 못 마시고 이내 잠들어 버렸다.

제법 느긋하게 먹었다는 점을 감안한다면 그가 얼마나 술
이 약한지를 증명하는 부분이었다.

'그래서 지금까지 술을 마시자는 이야기를 먼저 꺼내지 않
은 건가.'

그렇게 생각하며 도진은 재희를 그의 방 침대에 눕혀 주었
다.

재희는 침대에 몸을 뉘이기 무섭게 코를 골아 대기 시작했
다.

"제임스 아저씨, 블랙잭은 그렇게 하는 거 아니라니까요?
어어, 코리. 그거 식기 전에 먹으라니까. 데워 줘?"

그가 잠꼬대를 시작한다.

재희의 잠꼬대는 지금까지 도진이 여태껏 만났던 사람들
중에 가장 특이했다.

마치 손님들이 제 앞에 있는 양 떠들어 대는 게 잠꼬대라
니.

도진은 그런 재희의 모습을 보며 픽, 하고 웃음을 터뜨렸
다.

'잘 자요.'

재희의 몸까지 이불을 올려 준 도진은 불을 끄고 그의 방을 빠져나왔다.

손님을 생각하는 요리사.

그런 요리사의 끝이 항상 좋은 것은 아니었지만, 그들 중에서 원망을 받는 이는 없었다.

그런데 재희는 운영도 철저하게 지켜 가면서 손님들 모두와 즐거이 대화하는 셰프다.

만약 이대로 밀 하우스가 성장한다면, 이곳의 손님들은 편안한 안식처를 얻게 되리라.

미슐랭

도진이 밀 하우스에 온 지도 벌써 5개월이라는 시간이 흐르고 있었다.

그사이 밀 하우스는 한 번의 추운 겨울을 지나, 다시 봄을 맞이하고 있었다.

한 해의 시작은 언제나 설레는 법이다.

사람들은 평소에는 실천하지도 않는 목표들을 정하고는 하나둘 새해 다짐으로 올려놓았으며.

주위 식당들도 두근거림과 설렘을 속으로 삼키며 가게를 오픈했다.

사람들이 저마다 하나씩 새해 다짐을 하는 동안, 그들에게도 새로운 목표가 있었으니까.

"확실히 새해라 그런가. 다들 할인을 많이 하네."

한편 재희와 도진은 거리를 거닐고 있는 중이었다.

재희는 주변 상점들 앞에 걸린 할인 포스터들을 보며 중얼거렸다.

매해 보는 광경임에도 잘 이해가 가질 않는다는 듯한 표정이다.

"뭐, 매년 있는 일인데. 딱히 희귀한 장면은 아니지 않아?"

"그렇긴 한데. 뭐 저렇게 요란하게 하나 싶어서. 정작 시장에서는 할인 개념이 없는데, 식당만 저렇게 요란하게 행사 포스터를 걸면서 동네방네 홍보하잖아."

재희는 현재 상황이 썩 마음에 드는 눈치가 아니었다.

그렇다고 싫어하는 것까지는 아닌 듯했지만.

뭐랄까. 매년 오는 것에 뭐 그리 유난이냐는 것 정도의 느낌.

"슬슬 그 사람들이 활동할 때잖아."

"그 사람들?"

"미슐랭."

"아."

도진의 말에 재희가 고개를 끄덕인다.

미슐랭. 세계적으로 가장 유명한 미식 가이드의 이름이었다.

이들은 여러 식당을 직접 맛보고 평가를 내린다.

가장 아래는 저렴하지만 맛있게 먹을 수 있는 곳을 뜻하는 빕구르망, 그 위로는 별 하나짜리 원스타부터 별 세 개 쓰리스타까지.

그리고 이렇게 미슐랭의 선택을 받은 곳은 매출이 크게 올라가곤 했다.

식당들의 이런 홍보는 고객을 많이 끌어들이려는 의도도 있겠으나.

미슐랭을 의식한 영향도 없지 않아 있을 것이다.

그들이 활동하는 시기는 3월부터 8월까지.

현재가 딱 3월이다.

미국의 설날인 1월 1일은 지난 지 오래였으나, 식당들은 여전히 할인 포스터를 내리지 않고 있었다.

"그렇다면 이해 못 하는 것은 아니긴 한데……. 그래도 이건 좀 심하지 않냐? 미슐랭이 가격 보고 오는 것은 아닌데."

재희가 쓰게 미소를 지었다.

미슐랭의 평가 기준은 가격이 얼마나 저렴한지가 아니다.

그만한 가격에 맞는 서비스와 음식 퀄리티를 유지하고 만들어 고객에게 제공할 수 있는가에 조금 더 치중되어 있는 편.

무작정 손님들을 받다 보면 미슐랭이 있겠지 하는 것은 어리석은 생각이었으나.

식당들은 하나같이 단결이라도 한 것처럼 음식을 만들어

판매하고 있었다.

"그놈의 미슐랭이 뭔지……. 참, 사람을 다 버려 놨어."

그렇게 말하며 재희가 혀를 찼다.

마치 다른 사람이 듣는다면 미슐랭과는 거리가 먼 사람처럼 느껴진다.

정작 요리하는 세프이면서도.

"재희 형은 미슐랭에 관심 없어?"

"딱히."

재희가 어깨를 으쓱이며 답한다.

그 모습을 본 도진이 의아한 시선을 보냈다.

요리를 하는 이들에게 미슐랭은 꿈의 선택이나 다름없다.

자신의 요리에 대한 증명.

그것을 별로 표현한 것이니까.

별을 받지 못한 자에겐 동기 부여를, 별을 받은 자에겐 앞으로 계속 정진하라는 뜻을 가지고 있으나.

재희에겐 그런 증명마저 썩 달갑게 느껴지는 분위기는 아니었다.

"물론 미슐랭에 선정되면 좋겠지. 하지만 그거에 목매는 건 썩 좋아 보이진 않네."

재희가 족쇄 같다며 투덜댄다.

족쇄라.

그의 비유가 썩 틀린 말만은 아니다.

천재셰프
회귀하다

실제로 미슐랭의 선택을 받아 별 3개를 얻었음에도 혹여 별이 떨어질까 두려워 극단적인 선택을 한 사람도 존재했으니까.

게다가 몇몇 셰프들은 미슐랭의 평가를 거절하기도 했다지?

이러한 사실은 다른 이들이 모르는 일은 아니다.

알고 있는 사실이었으나, 그럼에도 식당을 운영하는 셰프이자 경영자의 입장에서 미슐랭의 유혹은 참기 어려운 것이었다.

"난 말이야. 요리사라면 다른 사람의 시선을 신경 쓰지 않고도 좋은 음식을 만들어 낼 수 있어야 한다고 생각해. 다른 사람의 말에 평가 절하될 음식이라면 그게 순수한 손님에 대한 마음만으로 만들어지지는 않았을 거잖아. 안 그래?"

"그렇죠."

하긴, 도진이 아는 다른 미슐랭의 선택을 받은 식당의 셰프들을 보면 다들 자랑스레 미슐랭의 별을 말하면서 정작 손님에 대한 서비스에 대한 이야기가 나오는 경우는 드물다.

재희가 말하고 있는 것은 아마 그런 부분이겠지.

하지만 이는 어쩔 수 없는 부분이기도 했다.

자신이 정말 열심히 노력해 실력을 인정받았는데, 그것에 대해 이야기하지 않는 것 역시 이상한 일.

재희가 픽 웃으면서 입을 열었다.

"그리고, 미슐랭이 없어도 손님들이랑 왕창 떠들면서 내가 하고 싶은 요리 마음껏 하고 있으면 그게 인생이지. 안 그래?"

그의 말에 도진이 픽 하고 웃음을 터뜨린다.

재희다운 답변이라는 생각도 함께.

"맞아. 그게 인생이지."

도진은 그의 말에 맞장구를 치며 발걸음을 옮겼다.

자신이 재희와 같은 상황이었을 때, 미슐랭의 앞에서 이렇게 초연한 태도를 보일 수 있을까.

아마 조금 힘들 것 같다.

두 번에 걸쳐 이어진 자신의 요리 실력을 시험해 보고 싶다는 생각은 당연히 가질 수밖에 없는 것이었으니까.

그래도 만약, 파인다이닝이 아닌 새로운 식당을 차릴 기회가 온다면.

밀 하우스와 같은 식당을 만들어 보고 싶다는 생각이 머릿속을 채웠다.

다른 사람의 시선을 신경 쓰지 않는, 정말 자신만의 오리지널 요리들을 손님들과 함께 즐길 수 있는.

그런 식당 말이다.

�֎

장을 보고 밀 하우스로 돌아온 도진과 재희는 빠르게 영업

천재셰프
회귀하다

을 준비하기 시작했다.

밀 하우스의 메뉴는 도진이 처음 왔을 때랑은 다소 변한 상황이었다.

에그인헬(Egg in hell, 토마토소스와 각종 야채, 향신료를 첨가하여 만든 스튜에 데친 달걀을 첨가한 음식.)이나 포토푀(pot-au-feu, 소고기나 소시지 등을 넣어 만든 프랑스 가정식 스튜.)와 같은 스튜들을 집어넣은 것이었다.

나름대로 이곳만의 계절 메뉴랄까.

그리고 이렇게 운영한 게 처음이 아니었던 듯, 손님들은 익숙하게 메뉴를 주문하곤 자리에 앉았다.

"에그인헬 하나! 3번 테이블 포토푀 얼마나 걸려?"

"1분!"

"1분 확인."

손님들의 밀려듦에 따라 주방 역시 자연스레 바쁘게 몸을 움직인다.

화구에선 불길이 치솟았고, 그 위에선 웍과 냄비 들이 저마다의 소리를 만들며 화음을 자아낸다.

도진은 마치 뮤지컬의 배우처럼 그 소리들 사이를 거닐며 주문을 빠르게 쳐 냈다.

그렇게 한창 밀 하우스가 바삐 움직이고 있을 때였다.

끼익-.

밀 하우스의 문이 열리더니, 남자 둘이 안으로 들어왔다.

남자들은 정장을 입은 상태였는데, 살짝 풀어진 자세로 설렁설렁 카운터 주변을 어슬렁거렸다.

　　그들은 밀 하우스의 내부를 한번 쓱 훑어보더니, 미묘한 표정을 지었다.

　　"아, 두 분이세요?"

　　"네. 맞습니다."

　　"안내해 드릴게요."

　　한 박자 늦게 손님을 발견한 한나가 발걸음을 움직여 손님을 맞이했다.

　　손님은 아무렇지도 않다는 듯 미소를 지으며 한나의 뒤를 쫓았다.

　　그러는 한편, 시선은 빠르게 주변을 훑으며 가게 내부를 살피고 있었다.

　　"여기 앉으시면 됩니다. 메뉴판은 테이블 중앙에 준비해 드렸습니다."

　　"감사합니다."

　　손님들은 한나의 안내에 고개를 끄덕이고는 메뉴판을 잠시 둘러보는가 싶더니.

　　한나를 향해 다시 시선을 옮기고는 질문을 던졌다.

　　"어떤 메뉴가 가장 잘나가나요? 저희가 여기 출장 온 거라……."

　　"저희 밀 하우스에서는 대부분의 음식이 잘나가는 편이긴

합니다만, 처음 오신 거라면 계절 메뉴는 어떠신가요?"

"좋죠. 지금 계절 메뉴가…….."

"에그인헬과 포토푀입니다."

한나가 웃으면서 설명을 이어 나갔다.

손님들은 에그인헬과 마늘빵, 그리고 카프레제 샐러드와 단호박 뇨끼를 주문했다.

"주문 확인했습니다. 금방 가져다드릴게요."

다시금 주문을 확인한 한나는 그렇게 말하고는 주방을 향해 발걸음을 옮긴다.

한편 도진은 음식을 준비하다가 한나가 응대하고 있는 손님을 잠시 바라보고는 고개를 갸웃거렸다.

'저 손님들 뭐지?'

분명 일반 손님인데 뭔가 위화감이 든다.

마치 저들은 다른 손님들과는 다르다는 듯한.

손님들은 한나가 떠난 뒤로 시계를 잠시 바라보더니, 이내 팔짱을 끼고 대화를 나누기 시작했다.

그러고는 자연스럽게 팔짱을 낀 팔을 풀면서 포크를 떨어뜨렸다.

챙그랑!

포크가 요란하게 바닥에 떨어진다.

하지만 밀 하우스에는 사람들이 가득 차 있는 상태였다.

다들 즐거운 표정과 얼굴로 음식을 먹고 즐기면서 나누는 대화들 때문에 포크가 떨어진 것을 인지하는 것은 도진밖에 없었다.

수상한 점은 본인의 자리라면 포크가 떨어진 것을 모를 리 없을 텐데, 절대 줍지 않고 있다는 점.

그사이, 주방에 도착한 한나가 빌지를 읽는다.

"8번 테이블 에그인헬에 마늘빵 추가, 카프레제, 단호박 뇨끼 하나."

"오케이. 그리고 한나야."

"응?"

"8번 테이블 새로운 포크 좀 가져다드려."

"응? 아."

도진의 말에 한나가 자신이 떠났던 테이블을 바라본다.

그러곤 이내 포크가 떨어진 것을 보곤 이해했다는 표정을 지었다.

"다들 시끄러워서 잘 들리지도 않을 텐데 용케 알아챘네?"

"그냥 눈에 들어와서."

"땡큐."

한나는 그렇게 말을 하고는 새 포크를 하나 집어 들고는 8번 테이블을 향해 발걸음을 옮겼다.

그러곤 떨어진 포크를 수거하고, 새 포크를 손님의 앞에 놓아 드렸다.

이에 감사하다며 한나에게 인사를 건네는 손님.

분명 자연스러운 행동일진대.

이상하게 도진의 눈에는 그런 손님들의 모습이 어딘가 어색하게 느껴졌다.

'과하게 시간과 주변 시선을 의식하는 것 같은 느낌이랄까. 정작 본인들은 완벽하다고 생각하는 것 같긴 한데.'

그들은 무언가 액션을 취하면서도 중간중간 시간을 체크하고 있었다.

마치 육상 선수의 기록을 코치가 기록하듯이.

게다가 주위를 힐끗힐끗 바라보는 게, 아무리 봐도 일반 손님으로 보이지 않았다.

'혹시…… 미슐랭인가?'

자연스럽게 오늘 낮에 했던 이야기가 떠올랐다.

미슐랭이 다시 활동할 시기였다.

그리고 미슐랭의 심사위원들은 절대, 자신이 미슐랭의 심사위원임을 드러내지 않고 활동한다.

익명성을 유지해야 가장 공정한 평가를 내릴 수 있기 때문이다.

'뭐라도 해야 하나?'

도진이 슬쩍, 주방에 있는 재희를 바라본다.

미슐랭에게 음식 실력으로 인정을 받는다는 것.

물론 미슐랭의 선택을 받는 것은 쉽지 않겠지만, 성공한다면 셰프와 식당의 가치를 올릴 수 있을 터였다.

때문에 재희를 불러 지금 상황에 대해 이야기를 하려던 도진은 이내 고개를 저었다.

'일단 말하지 말자.'

미슐랭에 대한 재희의 이미지는 썩 좋지 않았다.

낮에도 미슐랭에 대한 이야기가 나왔을 때, 굳이 튀고 싶지 않은 듯한 뉘앙스로 말하지 않았던가.

그런 재희에게 미슐랭의 평가단이 왔다는 이야기를 꺼낸다면 반응은 크게 다르진 않을 거다.

특정 손님에게 특혜를 줄 수는 없는 법이라며 따로 조치를 취하지 않을 것이다.

지금까지 그래 왔듯이 말이다.

'그래도 미슐랭인데.'

그래도 미슐랭의 심사 위원일 가능성이 높은 상황이다 보니, 갈등이 생겼다.

다른 것도 아니고 미슐랭 아니던가.

다른 식당들은 못 받아서 안달인 미슐랭이 식당에 와 있는데 그냥 지켜보아야만 한다니.

'아쉽긴 하지만…… 그래도 가만히 두는 게 좋겠지.'

도진은 아쉬움을 삼키며 평가원들에게 시선을 뗐다.

이곳, 밀 하우스는 재희의 식당이다.

아쉽다 하더라도 재희가 미슐랭을 원하지 않는다면 그것을 따라 주는 게 맞았다.

그렇게 생각한 도진은 천천히 주방으로 발걸음을 옮겼다.

"8번 테이블 얼마나 남았어요?"

"3분 30초 후에 에그인헬 먼저 보낼 예정이야. 다른 건 4분."

"네, 알겠습니다."

그렇게 말한 도진은 소매를 접어 걷어붙이고는 주방으로 향했다.

특별한 우대를 할 생각은 없었다.

하지만 적어도 인상적인 식당처럼 보이게 만들 수는 있는 법 아니겠는가.

✦

정장을 입은 남자들은 습관처럼 시계를 툭툭 건드리다가 바로 앞에 있는 사람에게만 들릴 목소리로 입을 열었다.

"야, 여기 맞아?"

"응. 분명 여기가 이 근처에서 가장 핫한 곳이랬어."

"핫하긴 한데……. 뭐 이런 곳까지 우리가 와야 하나?"

남자가 약간 투덜대듯이 입을 열었다.

도진의 예상대로, 이들은 미슐랭에서 나온 평가단이 맞았다.

그리고 그들은 평가가 시작되기 전, 작년 미슐랭에 등재되었던 식당은 물론, 새로운 식당을 찾았는데.

거기서 발견된 것이 바로 이 밀 하우스다.

처음에는 약간의 기대가 있었다.

훌륭한 음식에 손님들의 평도 좋았으니까.

하지만 백문이 불여일견이라 하던가.

직접 와서 본 밀 하우스는 다소 충격적인 비주얼이었다.

"가게가 허름한 것도 허름한 것이지만, 내부 인테리어도 그렇고. 전부 낡아 보이잖아. 게다가 사람들이 너무 많이 모여서 떠드는 바람에 대화하는 것도 어렵고. 대체 무슨 기준으로 여길 추천한 건지……."

"그래도 이 정도로 손님이 많으면 안심되지 않아? 맛없는 식당에 사장이 돈을 써서 배우를 고용하지 않은 한, 이 정도의 손님이 음식을 즐기는 거라면 음식의 맛은 어느 정도 보장된 것이니까."

맛이 없는 식당에는 손님이 없다.

가끔, 특이한 메뉴가 이슈가 되어 몰리는 경우가 있는 적은 있었지만.

한나에게 안내를 받으며 둘러본 손님들이 주문한 메뉴는 평범하기 그지없었다.

일관된 메뉴도 아니었고, 그렇다고 인상을 쓰는 곳도 없었다.

즉, 이 식당의 메뉴의 맛이 전반적으로 대중을 사로잡을 매력이 있다는 뜻이리라.

"그렇기야 하겠지만……. 다른 빕구르망의 식당을 가 봐도 이 정도로 붐비는 경우는 많이 없잖아."

남자의 말에 평가단이 고개를 끄덕인다.

솔직히, 밀 하우스의 문을 열었을 때.

평가원은 약간 충격을 받았었다.

이 정도로 많은 사람들이 몰리는 경우는 거의 없으니까.

게다가 한나라 적힌 명찰을 달고 있던 서버는 그런 손님들을 알고 있다는 양, 자연스럽게 말을 걸거나 눈치껏 여러 가지 서비스를 주고 있지 않은가.

저런 서비스를 할 수 있다는 것은 손님에 대해 완벽하게 알고 있다는 거고.

손님이 무엇을 원하는지 알고 있기에 자연스럽게 나오는 서비스임이 분명했다.

'단골 관리가 철저한 곳이야. 하지만 단순히 단골만으로 이렇게 식당의 홀을 완벽하게 채운 것은 아닌 것 같은데.'

남자의 눈이 새로 들어오는 손님으로 향한다.

이곳의 단골이 누구인지를 알 수는 없는 노릇이었으나.

오랜 시간 평가원으로서 일을 하다 보면 어느 정도 감이 생긴다.

저 사람은 이곳에 온 적이 있는지 아닌지.

약간의 눈치와 신경만 쓴다면 어렵지 않게 알 수 있는 부분이었다.

'두리번거리는 모습, 메뉴판으로 향하는 시선, 머뭇거리는 발걸음……. 이곳 단골은 확실히 아니겠군.'

남자는 흥미롭다는 표정으로 새로 들어온 손님을 바라본다.

단골들을 잘 챙겨 주는 것이야 그럴 수 있다고 하지만, 과연 처음 손님에게도 그럴까?

그렇게 생각하기 잠시.

한나가 그들에게 다가가더니, 무어라 대화를 하기 시작한다.

그러자 이내 긴장했던 몸이 풀어지고 입꼬리가 올라가는 손님.

동시에 군말 없이 한나를 따라 발걸음을 옮긴다.

"제법 서버가 능력이 좋은데? 손님에게 최대한 편한 분위기를 주고 있는 모양이야."

"그래. 그런데 그것보다 더 주목해야 할 부분은 이 홀을 가득 메운 손님을 전부 그녀 혼자서 처리했다는 거야."

검은 슈트를 입은 평가원의 말에 안경을 쓴 평가원이 고개를 끄덕인다.

밀 하우스의 식당은 약 50평 정도의 크기.

인원을 수용할 수 있는 테이블의 개수를 고려한다면 최대로 손님들이 앉으면 70명 정도는 너끈히 앉을 수 있을 것 같다.

잘만 끼어 앉으면 80명까지도 수용할 수 있는 넓이.

그런데 그 정신없는 와중에도 한나는 차분하게 손님들을 하나하나 케어하고 있었다.

"어디 유명한 파인다이닝에서 십 년은 굴러 본 실력인데. 안 그래?"

"응. 아니, 요즘 파인다이닝에서도 이런 식으로는 서빙은 잘 안 할 것 같은데……."

당연하게도 손님이 많아지면 많아질수록 서버의 어깨에 지워지는 무게는 무거워질 수밖에 없다.

그런데 한나는 너무나 여유로운 표정과 물 흐르듯 자연스러운 동선으로 손님들의 불편함을 전부 해결하고 있었다.

이 정도의 규모의 식당을 혼자서 커버할 수 있는 사람이라니.

만약 다른 셰프가 이 모습을 본다면 군침을 흘리리라.

"홀에 있는 게 서버 혼자뿐인데 서비스 질은 제법 잘 유지하고 있어. 신규 손님에게도 막 꿇리는 느낌도 없고. 제법 센스도 있는 것 같은데."

"그러니까. 이제 음식만 좀 잘 나오면 좋겠는데……."

안경을 쓴 평가원이 끝말을 흐렸다.

많은 식당을 다니면서 만들어진 선입견이랄까.

고급스러운 파인다이닝을 밥 먹듯이 돌아다니다가 이런

허름한 식당에서 사람들 사이에 끼어 있다 보니, 도저히 음식이 맛있을 것이라는 상상이 잘 가질 않는다.

"먹어 보면 알겠지."

서비스의 질은 합격이다.

정말 혼자서 어떻게 이렇게까지 할 수 있나 싶을 정도로 센스 있게 홀과 고객을 컨트롤하고 있었으니까.

하지만 역시 식당에서 가장 중요한 것이 무엇이냐고 묻는다면 음식의 맛이 언급될 수밖에 없다.

아무리 좋은 서비스를 받는다 한들 식당에서 음식 맛이 좋지 않다면 그 식당을 방문할 이유가 전혀 없겠지.

그렇게 생각하고 있을 때였다.

"주문하신 음식 나왔습니다."

한나가 그들의 앞에 다가오더니, 손에 들린 쟁반에서 음식들을 하나둘 내려놓기 시작했다.

가장 먼저 테이블에 올라온 것은 에그인헬.

토마토소스와 함께 끓여진 채소들 사이로 달걀 두 개가 동동 떠 있는 비주얼이었다.

다음은 카프리제 샐러드가 올라왔고, 마지막은 단호박 뇨끼였다.

"그럼 맛있게 드세요."

한나는 그렇게 말하고는 발걸음을 옮겨 다른 테이블로 향했다.

평가원들은 그런 한나의 뒷모습을 잠시 바라보다 입을 열었다.

"먹자."

"응."

짧은 대화가 오가고, 평가원들이 수저를 들어 에그인헬로 가져갔다.

그리고 채소와 스튜, 계란을 조금 스푼에 올리고는 그것을 입에 집어넣었다.

"음……?"

동시에, 먹기 전만 하더라도 걱정이 서리던 두 사람의 눈이 크게 뜨였다.

한편 도진은 주방에서 평가원들의 반응을 보고 있는 상황이었다.

'제법 괜찮나 본데.'

도진의 입가에 미소가 걸렸다.

제법 그들과 거리가 있기에 무슨 대화가 오가는지는 알 도리가 없었다.

하지만 한 가지는 알 것 같다.

혹평을 나누고 있지는 않다는 것을.

그들의 입가에 그려진 미소가 그것을 증명했다.

'그나저나…… 상황이 진짜 어지럽게 돌아가네.'

미슐랭에 대해 썩 좋지 않은 인상을 가진 셰프의 식당에 다른 곳에선 오라고 해도 오지 않는 미슐랭 평가단이 등장했으니까.

물론 확률은 적지만, 정말 미슐랭이 이곳을 선택한다면 재희에게 어떻게 말해야 할지.

조금은 머리가 아픈 주제였다.

"도진."

"어, 응?"

잠시 그렇게 다른 생각을 하고 있을 때였다.

언제 왔는지 한나가 주방 쪽을 향해 얼굴을 들이밀고 있었다.

"무슨 생각하고 있었길래 그렇게 화들짝 놀라?"

"화들짝 놀라기는 내가 언제 그랬다고……. 그래서, 무슨 일이야?"

"잠깐 손님이 부르는데 올 수 있어?"

"나를?"

도진이 고개를 갸웃거렸다.

손님 중에 자신을 아는 사람이 있던가.

그게 아니라면 보통은 셰프를 부르질 않나?

"응. 아무래도 너를 셰프로 오해하고 계신 것 같아."

천재셰프
회귀하다

"그럼 나 말고 재희 형을 부르는 게 맞지 않아?"

"재희는 주방을 맡고 있어야지. 지금 계절 음식 포장할 수 있는 건 재희뿐이잖아."

"하긴……."

도진이 자리에서 일어났다.

그러고는 홀을 향해 천천히 발걸음을 옮겼다.

도진을 보고 싶다고 말한 손님은 도진이 미슐랭 평가단이라 생각했던 그 손님들이었다.

"무슨 일이신가요?"

"당신이 이곳의 셰프님이신가요?"

"아뇨. 저는 셰프는 아니고 주방에서 일하는 직원인 도진이라고 합니다. 셰프님은 지금 바쁘셔서요. 무슨 일로 부르셨나요?"

"아, 그러시군요. 다름이 아니라 음식에 대해 몇 가지 질문을 드릴 게 있어서요."

그렇게 말하며 자신이 먹던 에그인헬로 시선을 옮기는 평가단.

도진은 침을 삼키며 그들이 바라보는 곳을 따라갔다.

긴장된다.

전생에서도 미슐랭의 평가단을 본 적은 없었다.

그런데 보는 것도 모자라, 그들이 평가하는 장면, 대화를 이어 나가고 있었으니.

어찌 긴장이 안 될 수 있을까.

"에그인헬에 그냥 바게트가 아니라 마늘빵을 주셨는데, 이유를 좀 알 수 있을까요?"

"마늘빵에는 약간의 단맛과 함께, 마늘의 풍미가 있어 에그인헬과 함께 먹었을 때 그 풍미를 배가시키는 역할을 합니다. 물론 바게트와 먹을 때도 좋은 조합을 이루지만, 마늘빵과 함께하면 신선한 느낌을 줄 수 있으리라 생각했습니다."

"그렇군요."

고개를 끄덕이는 평가단들.

다른 말없이 고개만 끄덕이는 모습을 보고 있자니, 살짝 뻘쭘한 느낌이 들었다.

도진은 그런 평가단을 향해 넌지시 질문을 던졌다.

"이런 질문을 던지시는 것을 보면 미식가 뭐 그런 쪽이신가요?"

도진의 말에 고개를 끄덕이던 평가단이 천천히 시선을 돌린다.

겉으로 내색하지 않으려 참고 있었으나, 약간 당황했는지 그들의 손에 들린 물 컵에는 옅은 파문이 일고 있었다.

'이걸로 확실하네.'

방금까지는 추측이었으나, 이 반응으로 보니 확실하다.

이들은, 미슐랭의 심사단이라는 것을.

안경을 쓴 심사원이 빙긋 미소를 지으며 입을 열었다.

"젊은 요리사님이 눈썰미가 좋으시네요. 저희는 미식을 공부하는 사람들입니다. 나중에 미식 칼럼니스트로 활동하려고 세계의 다양한 맛을 보고 있는 중이죠."

"칼럼니스트라……. 멋지시네요. 그럼 다양한 음식을 드셔 봤겠어요."

"하하. 뭐, 그렇죠."

그렇게 말하며 소리 내어 웃는 평가원들.

물론 급조한 거짓말이라는 것을 눈치채지 못할 도진이 아니었다.

평가단은 익명성과 공정함을 가지고 평가해야 하는 만큼, 적당히 속아 주는 척을 할 뿐이었다.

"음식은 좀 입에 맞으셨을까요? 혹시 부족하진 않으셨어요?"

"아주 맛있었습니다. 솔직히, 너무 평범하지 않을까 싶었는데, 그런 걱정이 완전히 날아가는 맛이더군요."

그 말에 도진이 미소를 지었다.

밀 하우스에서 만들어지는 음식에 특별한 점이 있다면 아마도 이런 부분일 것이다.

지극히 평범하고, 다들 먹어 봤을 법한 메뉴인데, 먹어 보면 어딘가 새로운 맛이 추가되어 있는 경우가 많았다.

달달한 디저트에 새콤한 레몬향이 더해지거나 하는 식으로.

원래 메뉴가 가진 맛을 완전히 해치지 않으면서 특별함을 더하는 방식.

"손님의 입맛에 맞으셨다니 다행입니다."

그들의 말을 완전히 믿는 것은 아니다.

저들의 말들 중 어느 부분이 거짓일지는 모르는 거니까.

하지만 전에 음식을 먹고 지었던 저들의 미소를 생각한다면 아주 거짓만 담긴 말은 아닐 것이라는 생각이 들었다.

평가원은 그런 도진이 썩 마음에 들었는지 입꼬리를 올리면서 입을 열었다.

"다행은요. 젊은 요리사님이 실력이 좋아서 정말 감탄했습니다."

"하하하!"

그렇게 말한 평가원들이 서서히 자리에서 일어났다.

조금 양이 많았는지, 음식을 약간 남긴 상황.

나름대로 수확은 있는 대화였다.

저들이 미슐랭의 평가원이었다는 부분과 밀 하우스의 음식을 제법 마음에 들어 했다는 부분은 확실하게 알 수 있었으니까.

"그럼 안녕히 가세요."

"네, 다음에 또 올게요."

평가원들이 그렇게 말하며 손을 휘휘 젓는 것으로 말을 마무리한다.

천재세포
회귀하다

그렇게 도진과 평가원이 즐거운 대화를 나누고 있는 한편.

"누구냐?"

언제 다가온 건지, 재희가 도진에게 넌지시 질문을 던졌다.

재희가 도진을 바라본다.

마치 뭐가 그리 재미있냐는 듯이.

도진은 그런 재희에게 무엇을 말해 줘야 할지 잠시 머뭇거렸다.

'굳이 말하진 말자.'

5초 정도의 고민 끝에 나온 결론이었다.

미슐랭의 평가원이 다녀간 것은 사실이었다.

직접 대화하면서도 그들이 미슐랭인 것에 더욱 확신이 생겼으니까.

하지만 도진은 그 사실을 굳이 말할 필요가 없다 판단했다.

미슐랭의 등급에는 의미가 있다.

빕구르망에는 합리적인 가격에 훌륭한 음식을 제공하는 레스토랑이라는 의미가.

원 스타는 요리가 우수해 찾아갈 가치가 있는 식당이라는 의미를.

투 스타에는 요리가 훌륭해 멀리 찾아갈 가치가 있음을 의미했고.

쓰리 스타는 그 식당만을 위해 여행을 갈 가치가 충분한 곳이라는 뜻이 담겨 있었다.

그런 기준에서 본다면 밀 하우스는 스타를 받은 다른 레스토랑들과는 거리가 있었다.

밀 하우스의 영업 방식을 본다면 저렴하게 많이, 사람들과 함께 즐길 수 있는 요리에 집중되어 있었으니까.

기껏해야 빕구르망, 혹은 그조차도 아닐 수 있다.

그들이 평가하는 식당이 어디 한두 개이겠는가?

수십, 수백의 레스토랑을 돌아다니고 평가한다.

음식이 맛있다는 평을 남기기는 했으나, 그것이 별이나 빕구르망을 받을 수 있다는 뜻은 아니라는 뜻이다.

'애초에 별을 받는 게 그리 쉬운 일도 아니고.'

전 세계의 미슐랭 쓰리 스타의 개수를 합쳐도 채 100여 개가 되질 않는다.

그만큼 그들은 꼼꼼하게, 정말 별을 줄 수 있을 정도로 가치가 있는 식당인지를 확인하고 검토해 별을 내린다.

게다가 별을 받는 식당들을 살펴보면, 대부분이 고급스러운 파인다이닝이 많았다.

그것을 생각하면 밀 하우스는 고급과는 거리가 있었다.

비싸거나 화려한 기교로 음식을 포장해 파는 것이 아닌, 셰프가 가진 것을 솔직하게 보여 주며 손님들과 함께 즐기는 비스트로.

이런 비스트로가 미슐랭의 별을 받은 전례는 없다.

정말 잘하면 빕구르망 정도가 한계겠지.

하지만 그마저도 재희의 성격상 안 받을 가능성이 높고.

'아직 뭐 하나 정해지지 않은 상황 속에서 성급히 판단하고 움직일 필요는 없겠지.'

확실한 게 정해진 이후에 말을 해도 늦지 않을 거다.

미슐랭에 대해 전혀 관심이 없는 그에게 말해 봤자 감흥도 없을 테고.

"그냥, 손님."

"손님? 그러기엔 분위기가 제법 좋아 보였는데."

"그런 건 아니고. 그냥 여행 온 손님이었는데, 우리 음식 맛있다고 그러더라고."

"흐음……."

재희가 도진을 잠시 바라본다.

마치 뭔가 미심쩍은 부분이 있다는 것처럼.

그러고는 도진에게 넌지시 질문을 던졌다.

"너, 무슨 일 있냐?"

"응? 뭐가?"

"오늘따라 뭔가 나한테 숨기는 느낌인데? 무슨 일 있어?"

눈치 하나는 백단이다.

최대한 티를 내지 않는다고 생각하고 행동했는데 이렇게 눈치를 챈 것을 보면 말이다.

도진은 그게 무슨 소리냐는 양, 손을 휘휘 저으며 답했다.

"아무것도 없는데?"

"뭐……. 그래. 알았어."

그렇게 말한 재희가 도진을 의구심 어린 눈으로 바라본다.

하지만 이내 그 시선을 거두고는 주방으로 발걸음을 옮긴다.

아직 밀 하우스의 하루는 끝이 나지 않은 상황이었다.

하루 일과를 마치고, 방으로 돌아온 도진은 잠시 머릿속으로 오늘 있었던 일을 떠올렸다.

미슐랭의 평가원을 직접 본 셰프는 드물다.

직접 정체를 밝히기 전까지는 일반 손님과 같은 모습을 취하고 있고.

그들이 미슐랭의 직원이었음을 밝히는 때는 정말 필요해서 셰프에게 면담을 요청할 때를 제외하곤 없으니까.

게다가 면담을 요청하며 내놓는 명함에는 이름이 적혀 있질 않을 정도로.

그만큼 철저하게 보안과 익명성을 지키고 있기에 일반 사람들이 미슐랭 평가원을 구분해 내는 것은 그야말로 불가능에 가까운 일이었다.

아마 도진 역시 그들을 제대로 관찰하지 않았더라면 몰랐을 거다.

'재희 형이 미슐랭에 관심 있었더라면 정말 기분 좋은 일이 되었을 텐데.'

도진이 정말로 아쉽다는 표정을 지었다.

미슐랭은 미식계에 있어 성서라 불릴 정도로 권위 있는 자리.

그리고 그곳에 이름이 적힐 기회가 밀 하우스에도 왔지만.

정작 셰프인 재희는 그것을 원하질 않으니 뭐라 입을 열 수 없는 상황.

'분위기도 좋은데, 어떻게 나중에 설득이라도 해 봐야 하나.'

아등바등 별에 목숨을 거는 것은 아니라는 재희의 생각에는 동의하는 바였다.

셰프는 손님을 생각하면서 음식을 만든다.

미슐랭의 별이 아니라.

손님보다 미슐랭 별에 집착하는 순간 셰프로서의 자격은 반쯤 건너간 셈.

하지만 반대로 직접 온 인연까지 거부할 필요는 없지 않은가.

"흐아암."

그렇게 생각하던 도진이 하품을 내뱉었다.

어차피 당장 고민해서 나올 방법은 아니었다.

그렇다면 조금 더 여유롭게 생각하고 문제를 접근할 필요가 있지 않을까?

그렇게 생각하며 도진이 천천히 눈을 감았다.

*　✕　*

다음 날, 밀 하우스는 어제와 동일한 하루를 보내고 있었다.

어제와는 달리, 손님은 조금 줄어든 상태.

최근에 미슐랭에서 평가원이 온다는 이야기에 너도나도 가게를 홍보하는 바람에 손님이 조금 빠진 것이다.

물론 빠졌어도 티가 날 정도로 많이 빠진 것은 아니었지만.

오히려 손님이 빠진 덕분에 조금 숨 쉴 틈은 생긴 상황이었다.

끼익—.

그렇게 다시 영업을 하는 와중이었다.

문이 열리더니, 익숙한 얼굴이 다시금 밀 하우스로 들어왔다.

'저 손님은?'

밀 하우스에 들어온 손님의 얼굴을 본 도진의 눈이 살짝 뜨였다.

어제 왔던 미슐랭 평가원. 안경과 정장을 그대로 입은 채로, 그는 다시 밀 하우스에 들어와 있었다.

다만 어제와 다른 점이 있다면, 함께 온 사람이 달라졌다는 점일까.

어제는 짧은 금발 머리가 인상적인 남성과 함께 왔었는데, 이번에는 슈트를 입은 여성과 함께 들어온 상황이었다.

한나는 그들에게 다가가 말을 걸었다.

"안녕하세요! 오늘은 여자 친구분이랑 오셨나 봐요."

"하하하! 여자 친구 아니에요. 그냥 직장 후배입니다."

"맞아요. 제가 어딜 봐서 여기 깍쟁이 아저씨랑 연애를…….
읍!"

안경을 쓴 남성이 여자 쪽을 바라본다.

웃고 있는데 절대 웃지 않는 표정으로.

그것을 본 여자가 아차 싶은 표정으로 입을 다문다.

그런 둘의 모습을 보고 있던 한나는 재밌다는 듯 웃으며 입을 열었다.

"하하, 두 분 진짜 재밌으시네요. 자리 안내해 드릴게요."

"네. 선배, 오늘은 선배가 사기로 한 거예요?"

"알았다니까. 언젠 내가 돈 안 내고 도망간 것처럼 말한다?"

그렇게 둘은 서로 티격태격하면서 자리로 향했다.

이번에 그들이 앉은 자리는 창가 옆 자리였다.

"메뉴는 뭐로 하시겠어요?"

"으음…… 저는 선배가 추천하는 것으로 먹을게요. 전 여기 처음이라서요."

"포토푀에 칼조네, 마지막으로 아란치니. 어때?"

"괜찮네요. 그렇게 가죠?"

여성의 말에 한나가 웃으며 메뉴를 점검한다.

수첩에 메뉴를 전부 적은 한나는 다시 주문을 확인하고, 주방으로 발걸음을 옮겼다.

한나가 사라진 것을 본 여자가 입을 열었다.

"선배, 그나저나 감이 많이 떨어지셨네요."

"뭐?"

남자가 낮은 목소리로 여자를 향해 입을 열었다.

살짝 으르렁대는 듯한 남자의 모습에 여자는 어깨를 으쓱이면서 입을 열었다.

"아니, 예전 선배 모습 보면 되게 고급진 곳들 좋아했잖아요. 파인다이닝이라든가, 가이세키(일본 연회 음식), 오마카세(주인장 마음대로 구성되는 코스 요리) 또 뭐가 있더라……."

"그냥 상황이 그땐 고급스러운 곳을 많이 갔을 뿐이야. 그리고 돈을 많이 들여서 고급스러운 재료와 다양한 조리법으로 요리된 음식을 먹는데 그게 어떻게 맛이 없을 수가 있어?"

남자의 말에 여자가 피식 웃는다.

남자와 여자는 사수와 후배 관계였다.

그렇게 서로 붙어 다니는 일이 많다 보니, 서로에게 존칭보다는 가벼운 말을 쓰는 경우가 많았다.

"그나저나 여긴 왜 온 거예요? 딱 봐도 빕구르망이나 그냥 이름도 안 올라갈 것 같은데……."

여자가 주위를 둘러본다.

어제는 남자 둘이 와서 만족스러운 식사를 하고 갔다.

처음에 걱정했던 것과 달리 만족스러운 식사를 하자, 이곳이 얼마나 아늑하게 보이는지.

다만 어제는 남자 둘이서 왔던 만큼, 같은 환경을 보는 입장을 조금 바꿔 보기로 했다.

여성의 입장에서 밀 하우스의 감상에 대해 들어 볼 요량인 셈이었다.

"어제 와서 같이 먹은 곳인데, 나 혼자 판단하긴 좀 그렇더라고. 같이 간 사람도 잘 모르겠다는 눈치고. 그래서 너도 한번 먹어 보고 어떤지 의견 좀 물어보려고."

"그런 거라면 또 제 전문이죠."

여자가 의기양양하게 자신의 가슴을 두드린다.

그녀는 무척 혀가 예민한 인물이었다.

미슐랭 가이드의 심사위원이 되기 위해서는 여러 가지 조건이 있는데, 그녀는 미각 하나만으로 다른 점수를 뒤엎을 정도로 혀가 예민했다.

때문에 평가하기 애매한 상황이 온다면 그녀에게 도움을 받곤 했다.

"그런데 일단 스타급은 절대 안 될 것 같아요."

"왜?"

"인테리어라든가 테이블 간의 간격이라든가. 내부의 분위기라든가. 다른 여타 스타를 받아 온 레스토랑과 비교하면 그 격차가 심하게 나잖아요."

그녀의 말에 남자가 고개를 끄덕인다.

식당에서 가장 중요한 것은 맛이지만, 그것에 못지않게 분위기도 중요하다.

사람과 사람이 음식을 먹으며 대화할 분위기가 만들어지면 좋고, 음식에 집중할 수 있는 환경이라면 완벽하다.

그런데 밀 하우스는 그런 분위기는 아니었다.

"굳이 따지자면 비스트로보다 펍의 분위기도 살짝 있는 것 같은데……. 지금까지 이런 곳에 스타를 준 적은 없잖아요."

"그렇지."

빕구르망을 주는 점포는 많다.

저렴한 가격으로 훌륭한 음식을 내놓는 식당들은 언제나 존재했으니까.

그리고 몇몇 비스트로 역시 빕구르망을 받기도 했었고.

하지만 거기까지다.

비스트로의 한계랄까.

그 이상을 받은 비스트로는 존재하지 않았다.

"그런데 좀 이상하긴 하네요."

"뭐가?"

"이곳이 정말 빕구르망 수준의 요리를 하고 있다면 망설임 없이 평가하고 가실 텐데 굳이 저까지 부르신 이유가 뭘까 싶어서요."

여자가 고개를 들어 남자의 눈을 빤히 바라보았다.

남자는 그저 조용히, 여자와 눈을 맞추고 있을 뿐이었다.

"설마, 선배……."

"실례합니다."

여자가 무엇인가를 말하려고 하는 순간이었다.

음식을 가져온 한나가 그들 사이에 등장했다.

"주문하신 포토푀와 칼조네, 마지막으로 아란치니 놓아드리겠습니다."

"아, 네."

제3자의 등장에 여자가 언제 그랬냐는 듯 장난스러운 표정으로 몸을 뒤로 옮긴다.

그런 그녀의 눈은 남자를 향하고 있었다.

"그럼 식사 맛있게 하세요."

"네, 감사합니다."

여자가 웃으면서 한나에게 슬쩍 고개를 숙여 인사를 한다.

그러고는 자신의 앞에 있는 음식을 바라보곤 남자를 바라보았다.

남자는 어깨를 으쓱이면서 턱짓했다.

먼저 먹어 보라는 신호였다.

"사 준 거니까 잘 먹을게요, 선배."

"그래."

남자의 대답을 마지막으로, 여자가 수저를 들어 음식을 천천히 맛보기 시작했다.

처음은 포트푀였다.

따뜻한 국물을 시작으로, 너무 짜지도 싱겁지도 않은 국물과 채소의 은은한 풍미가 입안을 가득 차오른다.

깔끔한 맛.

여자 평가원은 소시지를 한입 베어 물었다.

소시지는 수제로 만들었는지, 다소 거친 식감이었는데, 돼지 지방과 원육, 매콤함을 주기 위해 페퍼 가루랑 약간의 느끼함을 잡기 위해 라임까지 들어가 굉장히 복합적인 향을 만들고 있었다.

'무슨 소시지가…….'

만드는 것 자체는 분명 쉽고 평범한 요리인데, 그것을 까보니 절대 만만한 요리가 아니다.

그것을 느낀 여자 평가원이 고개를 돌려 남자 평가원을 바라보았다.

"선배, 이거······."

남자 평가원은 여자의 이야기를 듣고는 슬쩍 입꼬리를 올렸다.

"역시, 그렇지?"

그녀와 자신의 생각은 크게 다르지 않았다는 생각을 하면서.

남자 평가원이 웃으면서 여자 평가원을 바라본다.

그녀는 자신이 먹은 것을 도저히 믿을 수 없다는 표정이었다.

"선배, 이게 대체 뭐예요?"

"뭐가?"

"그냥 나온 것만 보면 대충 흔한 음식인데 안에 든 것들을 먹어 보면 미슐랭 투 스타 다이닝에서나 보일 법한 퍼포먼스를 가지고 있잖아요."

일반 비스트로와 다이닝의 차이가 무엇일까.

아마 많은 차이점을 꼽을 수 있겠지만, 역시 가장 큰 차이점이라 하면 요리를 얼마나 심도 깊게 분석하고 이용했는지가 아닐까 싶다.

하나의 요리에 들어가는 재료들의 특성을 분석하고, 부족한 맛을 채우며, 가끔은 변형할 수 있는 사람들.

그런 이들을 셰프라 부르며 다이닝을 책임지는 인물로 받아들이곤 했다.

하지만 비스트로는 같은 요리를 하는 공간임에도 이러한 부분에선 부족한 면이 보일 수밖에 없었다.

하루에 판매할 금액을 정하고 오는 것도 아니었고, 그때그때 주문받았을 때 음식을 만들어 파는 것이 비스트로의 전형적인 판매 방식이었으니 고칠 수 없는 부분이기도 하지만.

그런데 여기, 밀 하우스는 그 고질적인 문제를 저마다의 방식으로 해결하고 있었다.

여자 평가원은 고개를 한번 끄덕이고는 입을 열었다.

"이 포토푀. 소시지만 보더라도 직접 만든 것은 확실한데, 그냥 일반적인 수제 소시지 틀을 따라간 게 아니라 식감이나 맛을 생각해서 따라가려는 노력이 보이는데요?"

여자 평가원이 흥미롭다는 듯, 자신의 포크에 박힌 소시지를 이리저리 둘러본다.

그러고는 이내 다른 것들에도 관심이 생겼는지 둘러보기 시작하는 여자 평가원.

안에 있는 고기를 조금 잘라 입에 집어넣거나 채소들을 이 것저것 스푼에 쌓아 입에 집어넣는 등.

다양한 방식으로 음식을 먹고 또 분석하기 시작했다.

그리고 그때마다 정말 행복하다는 듯한 리액션 역시 빼먹지 않으면서.

"확실해요. 주방장이 원래 파인다이닝에서 일을 했던 셰프인지, 아니면 원래 특이한 방식을 고수하는 쪽인지는 모르겠지만. 이런 방식으로 요리하는 셰프라면 정말 별을 받아도 이상하지 않은 셰프예요."

여자 평가원이 신난 듯이 입을 열어 댔다.

남자 평가원은 그런 여자 평가원의 이야기를 들으며 흠, 하고 고개를 끄덕일 뿐이었다.

"그런데 어떤 부분이 어려우신 거예요? 딱히 어려운 것은 없는 것 같은데."

여성 평가원이 음식을 우물거리며 남자 평가원을 향해 시선을 옮긴다.

남자 평가원은 잠시 고민하는가 싶더니, 입을 열었다.

"여기. 등급을 매긴다면 어느 정도 되는 식당일 것 같냐?"

"글쎄요. 음식의 수준 자체는 좋지만, 그에 반해 식당의 운영 방식은 형편없는 수준이에요. 다른 식당을 까 내릴 생각은 없지만 이 정도의 식당이라면……."

여성 평가원이 밀 하우스를 한번 둘러본다.

주위에는 많은 손님들이 앉아 음식을 앞에 두고 담소를 나누고 있었다.

밀 하우스의 내부를 채우고 있는 손님의 연령대도 다양하다.

젊은 청년을 시작으로, 아이를 데리고 온 부모, 심지어는 노인까지 모여 대화를 즐기고 있었으니.

여성 평가원의 눈에 밀 하우스의 모습은 고급스러운 파인다이닝의 모습보다는 패스트푸드점에 가까운 이미지로 눈에 비치고 있었다.

"빕구르망은 충분히 나오겠네요."

"으음……."

여자의 말을 들은 남자가 침음을 삼킨다.

빕구르망이 나쁜 것은 아니다.

하지만 셰프의 영애라 부를 수 있는 스타에 비하면 그 명성이 약한 것 역시 사실.

그렇기에 아쉬웠다.

만약, 이곳을 운영하는 셰프가 기존의 운영 스타일을 바꾸고 예약제와 고급스러운 파인다이닝의 형태를 어느 정도 갖췄다면 이보다 더 나은 평을 받을 수 있을 거다.

스타 정도는 무난히 받을 수 있겠지.

'하지만 그건 그거 나름대로 어색해.'

자신의 앞에 놓인 음식들은 각 나라에서 흔하게 볼 수 있고, 먹고 있는 음식이었다.

가정식 음식이라고나 할까.

만약 이런 음식을 다이닝에 가져가게 된다면 다이닝이라는 장르와는 격이 맞지 않아 어색한 부분을 띠게 될 거다.

게다가 여성 평가원은 밀 하우스의 모습이 소란스럽다고 하지만 남자 평가원의 생각은 조금 달랐다.

'이곳엔 셰프가 추구하는 모습이 전부 담겨 있기도 하고.'

꼭 직접 물어보지 않아도 알 수 있는 것들이 있다.

지금의 상황이 그러한 상황이었다.

자신은 이곳의 셰프의 얼굴을 직접 본 적은 없었으나, 손님을 대하는 방식이라든가 손님에 따라 같은 메뉴에도 세심하게 입맛을 달리해 음식을 내주는 것을 보면.

이곳, 밀 하우스의 셰프가 얼마나 손님을 중요하게 대하는지 알 것 같다.

사람들과 함께 어울리며 요리를 내주고, 그것을 즐기는 모습을 보며 흐뭇해하고 있을 셰프의 모습이 머릿속에 그려진다.

남자 평가원은 그런 모습을 보며 어쩌면 이 식당은, 요리의 근본을 이해하고 있다 생각했다.

단순히 먹고살기 위해 먹기 시작한 것을 시작으로, 함께하는 이들과 먹고 즐기는 것으로 발달하기까지.

그 과정 속에는 달리 차별이 존재하지 않았다.

가족을, 자신이 속한 단체를 위해서 음식은 무척이나 중요하고 소중한 것이었으니까.

밀 하우스의 모습을 보고 있노라면 돈보다는 그런 다른 사람들과 함께 음식을 먹고 즐기는 것에 초점을 맞춰 운영되고 있다는 생각이 강하게 들었다.

"스타는 어때?"

"스타요?"

여자 평가원의 눈이 커진다.

설마 자신의 앞에 있는 남자의 입에서 스타라는 말이 먼저 튀어나오리라 생각하지 못했기 때문이었다.

사수와 부사수의 관계이기에 더욱 그런 감이 있기도 했다.

오랜 시간을 본 남자 평가원은 평가에 인색한 편이었다.

완벽을 추구하는 입장이기도 했고.

그런 이에게 배운 여자 평가원 역시 완벽을 추구하는 경우가 많았다.

그렇기에 남자 평가원이 먼저 별에 대해 언급한 것은 제법 놀랄 만한 일이었다.

"실례합니다."

둘이 대화를 나누고 있을 때였다.

어느새 그들 사이에 다가온 도진은 그들의 잔에 물을 채워주며 질문을 던졌다.

"음식은 입에 좀 맞으시나요?"

"아, 네. 맛있던데요?"

"향신료가 들어가서 호불호가 갈리고는 하는데 입맛에 맞으시다니 다행이네요."

그렇게 말하며 미소를 짓는 도진.

동시에 손이 바쁘게 움직여 테이블에 올라간 냅킨 등의 쓰레기를 수거했다.

'기본적인 서비스나 매너도 있고. 무엇보다 이런 비스트로에서 손님에 대한 정성이 가득하다는 게 참⋯⋯.'

손님을 챙긴다는 게, 얼핏 보면 쉬운 일이지만 인원이 적고 매장의 규모가 있는 곳일수록 난이도가 올라가는 법이다.

이곳 밀 하우스의 직원은 고작 셋.

이 인원으로 넓은 범위에 앉아 있는 이들을 모두 커버하면서 작은 매너들을 챙겨 간다는 게 어디 쉬운 일이던가.

쉽지 않은 일이다.

개개인이 뛰어나도 한계라는 것이 있으니까.

그럼에도 이 정도의 매너와 서비스를 제공한다는 것은 그만큼 이 식당이 손님을 중시하고 있음을 다시 한번 강조하는 꼴이다.

"선배, 아까 하던 이야기는 나가서 생각해 보죠."

"그래."

남자는 짧게 대답하곤 자리에서 일어났다.

벌써 음식은 여자 평가원이 대부분 먹어 치운 상황이었다.

한편 재희는 그런 평가원들을 향해 불편한 시선을 보내고 있었다.

'대체 저 사람들은 뭐야?'

다른 사람들은 와서 맛있게 먹으며 수다나 떠는 게 전부인데 앞에 있는 사람들은 맛이 어떻다 하면서 음식의 맛을 평가질하고 있지 않나.

물론 음식을 먹는 것은 손님의 권한인 만큼, 그것을 뭐라 할 생각은 없었지만,

하지만 만든 사람의 앞에서 저런 소리를 듣고 있자니, 기분이 나쁜 것은 어쩔 수 없는 일.

"안녕히 가세요."

"네. 또 올게요."

남자 평가원은 그 말을 남기고는 밀 하우스를 벗어났다.

손님이 완전히 간 것을 확인한 재희가 넌지시 도진에게 질문을 던졌다.

"저 사람들이랑 어떤 대화했나?"

"딱히 별로 의미 있는 대화는 아닌데? 그냥 음식 맛있었대."

"그래?"

"응. 그런데 무슨 일 있어? 표정이 안 좋아 보이는데."

도진이 걱정스러운 표정으로 재희를 바라본다.

평소엔 장난스러운 표정을 지으며 도진과 한나를 맞이하던 재희였다.

하지만 오늘따라 그의 표정은 다소 경직되어 있었다.

"별거 아냐. 그냥, 뒤에서 내 음식에 대해서 이야기가 나

오는 건가 싶어서."

"재희 형도 참. 요리 잘한다고 맨날 손님들한테 이야기 들으면서 무슨 소리야."

도진이 방긋 웃으면서 입을 열었다.

둘이 어떤 대화를 나눴는지는 알 수 없는 노릇이다.

하지만 대화를 나누는 둘의 표정이 오늘은 조금 진지한 모습이었다는 게 마음에 조금 걸린다.

'음식은 괜찮았는데.'

다른 사람들에게도 나간 음식이다.

음식을 먹은 사람들은 다들 괜찮다고 했는데, 혹 저들의 입맛에는 맞지 않았을 것 같진 않다.

딱히 혹평을 날리거나 아쉬움을 내뱉은 것도 없으니까.

그렇다면 그 외적의 문제인 걸까.

혹시나 미슐랭에 대한 이야기일 수도 있겠지.

'뭐, 신경 쓰지 말자.'

솔직히 밀 하우스가 아닌 다른 일반 식당이었다면 제법 머리가 아팠을 수도 있겠다는 생각이 들었다.

미슐랭에 크게 신경 쓰지 않는 재희이기에 되어도 그만, 아니어도 그만이겠으나.

다른 식당이라면 미슐랭이라는 식당의 인지도를 크게 올리는 것은 물론, 해외까지 이름을 퍼뜨릴 기회가 주어진다면 눈이 돌아 버릴 게 분명하니까.

'벌써 두 번의 평가가 지나간 건가?'

처음 평가원을 만난 이후, 도진은 다른 손님들에게도 집중했다.

혹시 또 수상한 사람이 없나 해서.

하지만 그들 외에는 다른 평가원으로 보이는 인물은 없었다.

물론, 더 있을 수 있지만 눈치채지 못한 것일 수도 있겠으나.

두 번의 미슐랭의 평가가 오갔다는 것은 이제 결과가 머지않았다는 뜻이기도 했다.

'통상적으로 5, 6번의 방문이 이뤄진다곤 하지만 가능성이 높다 판단하면 3번의 방문 이후에 면담을 진행하고 등급을 책정하니까.'

다양한 교차 검증을 통해 의견을 합치고 모으는 과정이 5, 6번이다.

하지만 정말 가능성이 높은 곳들은 그 절반인 3번 만에 면담을 거치기도 했다.

물론 밀 하우스가 어떤 취급을 받고 있는지 도진이 알 턱은 없었지만.

그들이 음식을 먹으며 보여 주었던 표정 등을 생각한다면 아마 그리 나쁘지는 않으리라 생각했다.

'뭐, 조금 더 기다려 보면 알겠지.'

그렇게 생각한 도진은 주방을 향해 발걸음을 옮겼다.

미슐랭에 대해 비판적인 시선을 가지고 있는 재희가 미슐랭에 관한 소식을 들으면 어떤 반응을 보일지 상상하면서.

오후의 한적한 거리는 여유로운 느낌이었다.

한낮의 따스한 햇살을 받으며 강아지와 산책을 즐기는 사람들을 시작으로, 여유롭게 아이스크림을 먹으며 부모와 시간을 보내는 아이도 있었다.

그들은 잠시 숨이라도 돌릴 겸 공원을 한번 산책하고는, 이내 발걸음을 옮겨 한적한 골목으로 향했다.

그곳에는 담쟁이 넝쿨이 벽을 잔뜩 타고 올라와 마치 동굴 느낌을 주는 카페 하나가 자리하고 있었다.

카페에 들어선 여자는 디저트를 잔뜩 주문하고는 케이크를 우물거리면서 남자 평가원에게 말을 걸었다.

"그래서, 선배. 아까 식당에서 했던 말…… 진심이에요?"

"어떤 거?"

"스타에 대한 거요."

여자 평가원이 남자를 바라본다.

아직까지 그때의 일은 충격이었다.

지금까지 본 것은 다른 식당의 음식을 보며 혹평을 달던 사수의 모습이었는데.

어느 순간 여유로운 표정으로 스타를 입에 담고 있었으니까.

남자 평가원이 잔을 들어 커피를 홀짝인다.

"맞아."

약간의 침묵이 흐르고, 남자가 말을 덧붙였다.

거짓이 담겨 있지 않은 순수한 진심이었다.

비록 비스트로지만, 정말 음식이 훌륭하고 손님들과 함께 웃을 수 있는 곳이라면.

미슐랭 스타라는 영애의 자리에 오르는 데 아무런 문제가 없으리라 생각했으니까.

동굴을 모티브로 만들어진 카페의 한 구석.

프라이빗한 룸 형태의 공간에서는 조용하게 중요한 대화들이 오가고 있었다.

남자 평가원의 말에 여자 평가원이 당황스럽다는 표정을 지었다.

"선배, 제정신이에요? 지금까지 비스트로가 미슐랭 별을 받은 사례는 없다는 것을 누구보다 잘 아시면서……."

여자가 농담하지 말라는 듯, 손을 휘휘 저으며 입을 열었다.

하지만 남자의 눈은 그 어느 때보다 진지하게 빛나고 있었다.

"딱히 전례가 없을 뿐이지, 안 된다는 규정은 없잖아."

"그렇긴 하지만, 스타는 그야말로 영예의 전당이나 다름없는 곳이에요. 만약 정말로 저쪽에 스타를 부여하게 되면 같은 스타를 받은 다이닝과 더 나은 실력과 설비를 가졌음에도 별을 받지 못한 곳에서 말이 터져 나올 수 있다고요."

여자의 말에는 일리가 있었다.

미슐랭이 스타에 대해 엄격히 구분을 하는 데에는 이유가 있었다.

바로 미슐랭이라는 이름의 가치를 훼손시키지 않기 위해서였다.

무려 100년이 넘는 전통을 가지며 세계 최고의 미식 가이드북으로 성장할 때까지 미슐랭은 수많은 식당을 방문했고.

또 가치가 있는 식당들을 발굴해 사람들에게 알려 왔다.

미슐랭에 선정되는 게 그저, 잡지에 올라가는 게 아니라 요리사의 영예가 되기까지 정말 끝없이 노력한 결과인 것이다.

그런데 만약 이런 미슐랭에 저렴한 가격대를 자랑하는 비스트로가 등장한다면 어떻게 될까.

'아마 처음엔 이해가 잘 안 될 테지. 몇몇 미식가들은 먹고

미슐랭의 평가가 절하되었다 생각할 수도 있을 테고.'

남자 평가원은 밀 하우스를 미슐랭에 올리고 난 후 사람들의 반응을 예상하고 있었다.

고급스럽고 특색있는 곳을 위주로 선정이 많이 되었던 만큼, 사람들에게 밀 하우스는 뜨거운 감자가 될 거다.

그리고 그 평가 중에는 미슐랭의 평가에 의문을 표하는 사람들도 있을 테고.

남자는 그것을 알면서도 밀 하우스의 스타를 주장하고 있었다.

"물론 그렇게 생각할 수 있어. 이해하지 못하는 건 아니야."

"그럼 왜……."

"저렴하지만 빕구르망에 선정될 만큼 낮은 가치를 가진 식당이 절대 아니니까. 그리고 이건 우리에게 이득이기도 해."

"네?"

여자 평가원이 고개를 갸웃였다.

밀 하우스는 그저 평범한 식당이다.

아마 자신이 남자의 입장이었다면 빕구르망 추천 명단에 이름을 올리고 발걸음을 옮겼을 거다.

하지만 남자는 이 밀 하우스를 통해 다른 것까지 생각하고 있는 듯했다.

"이번에 밀 하우스가 스타의 자리에 앉게 되면 다른 식당들은 자신들의 식당도 스타를 받을 수 있다는 희망을 가지게 될 거야. 그리고 밀 하우스와 같은 비스트로가 미슐랭에 등재된 것을 알게 되면 미슐랭을 향한 사람들의 관심도 뜨거워질 거고."

"으음……."

여자 평가원이 침음을 내뱉는다.

확실히, 전례에 없는 일이 일어난다는 것은 세간의 주목을 받기에 충분한 것이었다.

그리고 자신 역시 밀 하우스가 조금 더 세련된 곳에서 운영되고 있었다면 별을 받을 가치가 있다 생각하고 있었고.

남자의 말대로 흘러간다면 미슐랭 역시 제법 이득을 볼 게 분명했다.

하지만 여자가 고개를 설레설레 저으며 입을 열었다.

"하지만 너무 도박이에요. 확실하게 일어날 확률이 얼마일지도 모르고요. 정말 절망적인 상황이 된다면 그저 관심도 없이 묻힐 수 있겠죠."

"하지만 해 볼 만한 도박이지 않겠어? 만약 정말 성공한다면 미슐랭은 더 많은 사람들에게 지금보다 더 다양한 식당들을 보여 줄 수 있을 텐데."

한번 물꼬를 틀게 되면 물길은 점차 더 넓어지고 더 많은 사람들에게 물을 나눌 수 있게 되는 법이다.

남자 평가원은 밀 하우스가 그 역할을 해 줄 수 있으리라 생각했다.

아주 작은 변화지만, 그 변화를 긍정적으로 만들 수 있는. 그런 식당이라고.

"어때, 이 정도면. 상부에다 보고해 볼 만하지 않겠어?"

그런 남자의 말에 여자 평가원은 뭔가를 말하려는가 싶더니, 이내 입을 삐죽 내밀고는 답했다.

"그거 알아요? 선배는 항상 제멋대로라는 거."

"칭찬으로 들을게."

"흥."

여자 평가원은 콧방귀를 뀌며 자리에서 일어났다.

그러고는 남자를 향해 입을 열었다.

"나중에 결과 나오면 알려 줘요. 그럼 전 다음 스케줄이 있어서 이만."

그렇게 말한 여자가 손을 흔들며 발걸음을 옮긴다.

여자가 먹은 수많은 디저트의 흔적만이 남은 쟁반을 손에 쥔 채.

여자가 쟁반을 반납하고 카페를 빠져나간다.

"참 누가 누구보고 제멋대로라는지."

그런 여자의 모습을 보며 픽 하고 웃음을 터뜨린 남자가 자리에서 일어났다.

오늘따라 하늘은 무척이나 맑고 푸르게 개어 있었다.

최근 들어 요식업계는 굉장히 몸을 들썩이고 있었다.

미슐랭의 평가원들이 활동을 시작했다는 이야기가 들려오면서 자신이 미슐랭의 평가원을 받다느니 하는 이야기가 오가고 있던 탓이다.

"그러니까! 퇴근하려고 준비하고 있었는데, 왠 허여멀쩡게 생긴 남자가 슈트를 짝 빼입고 들어와선 음식을 주문하더라니까? 그리고 음식을 먹는데 펜이랑 종이를 꺼내더니 막 뭔갈 적었다고."

"이야, 그럼 진짜 뭔가 가능성이 있는 거 아니야?"

"미리 축하하네."

밀 하우스 근처에 있는 홀덤펍.

그곳엔 밀 하우스를 포함해 주변 식당들의 셰프들이 모여 맥주와 함께 카드를 하고 있었다.

그런 그들에게 미슐랭은 안줏거리로 전락한 지 오래다.

"재희, 밀 하우스는 뭔가 소식 없나? 뭐, 특이한 손님이라던가 말이야."

"딱히, 보이지는 않은 것 같은데요?"

"저런…… 밀 하우스에는 아직 평가원이 도착하지 않은 모양이구만."

재희에게 말을 건 인물은 밀 하우스의 건너편에서 영업하는 생선 전문 식당, 더 피쉬의 사장이었다.

듣기로는 재희와 데면데면한 사이라고 들었는데, 그래서 그런지 그의 입가에는 알 수 없는 미소가 만연하게 드러나 있었다.

"신경 안 씁니다, 그런 거."

"에이. 어떻게 우리 같은 자영업자들이 미슐랭의 눈치를 안 볼 수 있겠나? 막말로 한번 실리면 전 세계적으로 이름을 알릴 수 있게 되는 건데 말이야. 조만간 그쪽도 평가원이 가 길 기대하겠네."

희미하지만 우월감과 비소가 섞인 말투였다.

하기야, 같은 식당을 운영하는 처지라지만 결국은 경쟁자 다.

그리고 매일 꾸준하게 많은 사람들이 찾아오는 밀 하우 스의 주인인 재희에게 질투심을 느끼는 것은 정말 자연스 러운 일.

사장은 히죽이면서 재희를 위로했다.

재희는 마시던 술을 힘껏 들이켰다.

"어어. 재희 형, 그렇게 빨리 마시면……."

그것을 본 도진이 재희를 말리려 했으나.

재희는 이미 잔을 완벽하게 비운 상태였다.

쿵!

그리고 잔을 내려놓은 재희의 얼굴은 살짝 붉게 달아올라

있었다.

전에 같이 술을 마시면서 재희가 술에 약하다는 것 정도는 이미 파악한 상태.

그렇기에 너무 마시지 말자고 말해 놓았는데…….

사장의 이야기를 들으니 재희도 약간 흥분한 모양이었다.

재희가 고개를 돌려 사장을 바라보았다.

"그 뭐, 미슐랭인가 뭔가가 그렇게 중요합니까?"

"어? 그야 이름을 알린다는 건 매출과도 직결되는 거 아닌가."

재희의 달라진 분위기에 사장이 살짝 당황한 표정을 짓는다.

다른 사장들끼리 이런 자리를 만든 것은 한둘이 아닌 듯했으나.

평소에도 재희는 술을 조절하던 사람이었다.

술에 취한 재희의 모습을 보는 것은 그들도 흔치 않은 일이겠지.

재희는 벌겋게 달아오른 얼굴로 사장을 바라보며 입을 열었다.

"그게 대체 뭐가 중요한지 저는 잘 모르겠습니다. 결국 그곳에 오는 손님도 저희에겐 손님인데. 그럼 결국 손님에게 집중해야 하는 게 맞지 않습니까?"

"그거야 뭐 당연한 사실 아닌가. 다만 미슐랭 평가원이라면 조금 더 신경 써서 줘야 하는 것도 맞는 말이고."

"그게 뭐가 맞는 말입니까? 네?"

재희가 비틀거리며 자리에서 일어난다.

도진은 그런 재희를 붙잡아 주었고.

바로 집으로 향하려 했으나.

재희는 할 말이 남아 있다는 양, 힘으로 도진을 멈춰 세우고는 사장을 향해 말을 건넸다.

"누구에게는 많이. 누구에게는 적게. 이런 차별이 있는 곳을 누가 미슐랭 별을 넣어 줍니까? 괜히 이런 곳에서 포커나 칠 시간에 요리 연습이라도 하는 게 더 가능성이 높을 것 같습니다만?"

"뭐, 이 자식아?"

순식간에 분위기가 험해진다.

하지만 술에 취해 상황을 제대로 파악하지 못하는 재희는 그저 입을 떠벌릴 뿐이었다.

"저는 미슐랭이나 그런 거. 관심 하나도 없습니다. 굳이 나서서 받고 싶지도 않고. 그냥 손님에게 음식을 내놓고 즐길 수 있는 것. 그것만으로 충분할 뿐입니다. 그게 밀 하우스가 운영되는 방식이고요."

그렇게 말한 재희가 슬쩍, 고개를 돌려 더 피쉬의 사장을 바라본다.

"아시겠습니까. 사장님? 미슐랭이라서 손님이 오는 게 아니라, 셰프가 고객을 신경 썼기에 고객이 관심을 갖는 거라고요."

"죄송합니다. 형이 술에 많이 취해서요. 제가 대신 사과드리겠습니다."

재희의 말에 다른 셰프들이 재희를 바라본다.

그 시선이 곱지 않다는 것을 확인한 도진은 재희를 대신해 그들에게 사과를 건넸다.

재희에게 말하긴 했지만, 술을 마시지 못하게 말리지 못한 자신의 잘못도 있으니까.

도진의 사과에 셰프들은 손을 휘휘 저으면서 입을 열었다.

"됐어. 재희 저 녀석이 술 마시면 뭔가 끊어진 것처럼 떠들어 대는 건 다들 아는 사실인데 뭐. 그리고 마냥 녀석이 한 말이 아무 의미가 없는 것도 아니고."

"그래. 어서 재희 데리고 들어가라. 여기 더 있다가 술 더 먹으면 무슨 일 일어날지 모르겠다."

셰프들은 괜찮다는 분위기였다.

먼저 도발을 건 것은 더 피쉬 쪽이기도 했고, 무엇보다 재희가 빈말을 내뱉는 성격은 아니었으니까.

물론, 더 피쉬의 사장은 썩 기분이 좋아 보이진 않긴 하지만.

다른 사람들은 그런 더 피쉬의 사장을 달래고 있는 중이었다.

도진이 살짝 고개를 숙이면서 입을 열었다.

"물의를 일으켜 죄송합니다. 그리고 감사합니다."

도진은 그렇게 말하고는 재희를 데리고 발걸음을 옮기기 시작했다.

셰프들은 그런 도진의 모습을 보며 중얼거렸어,

"재희가 참 좋은 동생을 두었어."

"그러니까. 남 일에 저렇게 반응하는 것도 쉽지 않은데."

사장들은 그렇게 말하며 더 피쉬의 사장을 데리고 다시 이야기를 이어 나가기 시작했다.

그 이야기는 처음 미슐랭에 대한 이야기를 했을 때와는 사뭇 다른 느낌이었다.

⚜

다음 날, 재희는 자신의 머리를 부여잡고 침대에서 일어났다.

"으으……."

"이제 일어났어?"

도진은 그런 재희에게 꿀물을 한잔 건네며 입을 열었다.

"어제 갑자기 맥주를 원샷해서 놀랐잖아. 적당히 조절해서 마시라니까."

"순간 너무 흥분해서……."

그렇게 말한 재희가 어제 일을 알고 있는지, 머리를 마구 흔들어 댄다.

하기야, 장난스러운 모습을 가지곤 있어도 나름대로 예의는 지키고 살았던 재희다.

그런데 흥분해서 마신 맥주 한 잔이 그런 자신의 이미지를 많이 깎아 버렸으니 오죽할까.

뚜르르—.

그렇게 재희가 어제 자신이 벌인 일을 떠올리고 머리를 흔들어 대고 있을 때였다.

재희의 스마트폰이 울리더니, 익숙한 이름을 표시해 냈다.

"더 피쉬."

그에게 전화한 것은 다름 아닌 어제 재희가 소리를 질렀던 더 피쉬의 사장이었다.

재희는 머릿속에 있는 이야기를 정리라도 하듯, 잠시 머뭇거리는가 싶더니, 이내 스마트 폰의 통화 버튼을 눌렀다.

"여보세요?"

—그래. 이제 일어났나?

"네, 어제 일은……."

—신경 쓰지 말게. 안 그래도 어제 네가 가고 우리끼리 이야기를 좀 했거든.

더 피쉬의 사장은 전혀 불편한 기색이 없었다.

재희는 그런 더 피쉬의 모습에 더 미안한 모습이었고.

-그런데 다시 생각해도 자네 말이 틀린 것 같진 않더라고.

"네?"

재희의 눈이 살짝 커졌다.

더 피쉬는 웃으면서 입을 열었다.

-우리가 너무 미련한 짓을 하고 있었어. 미슐랭에 눈이 멀어서 무작정 손님을 끌어들이려 별짓을 다 하고 있었으니…….알려 주어서 고맙네. 앞으론 자네 의견 반영해서 다른 방향으로 고민해 보겠네.

더 피쉬의 말에 재희는 어떤 말을 해야 할지 잘 모르겠다는 분위기였다.

하지만 앞으로의 변화를 약속하는 더 피쉬의 모습이 썩 기분이 좋았던 것인지, 재희의 입가에는 희미한 미소가 걸려 있었다.

미슐랭 지부.

회의실은 밝게 빛을 내며 열띤 토론을 이어 나가고 있었다.

의장은 지금까지의 안건을 정리한 파일을 툭툭 정리하며 입을 열었다.

"그럼 여기까지 회의를 마무리하도록 하겠습니다. 혹시

더 건의할 내용이나 회의가 필요하다 생각하시는 부분이 있으시면 말씀해 주시길 바랍니다."

의장은 제법 나이가 있어 보이는 노신사였다.

하얀 머리, 양복에 손에는 하얀 장갑까지 낀.

그런 노신사의 모습에는 주변을 압도하는 묘한 분위기가 있었다.

노신사 역시 젊었을 때는 수많은 식당을 오가며 활동하던 미식가였다.

그렇게 축적해 나갔던 경험들은 곧 그의 힘이자 무기가 되었고.

미슐랭의 의장으로서 다른 젊은 미식가들이 가지고 오는 평가서와 추천서 등을 검토하고 결정하는 자리에 오르게 되었다.

"저, 한 가지 말씀드리고 싶은 부분이 있는데 말해도 괜찮겠습니까?"

그때, 누군가가 손을 들고 입을 열었다.

밀 하우스를 평가했던 남자 평가원이다.

의장은 시선을 슬쩍 옮겨 남자를 바라보고는 고개를 살짝 끄덕였다.

"말씀하세요."

"네. 다름이 아니라, 제가 이번에 다녀온 식당에 관한 이야기입니다."

그렇게 말한 남자는 자리에서 일어나더니, 중앙으로 와, 입을 열었다.

"제가 말씀드릴 부분은 식당, 밀 하우스에 대한 부분입니다."

"비스트로라고 들었는데, 맞습니까?"

"네, 그렇습니다."

남자가 살짝 고개를 끄덕이고는, 입을 열었다.

"처음 이 식당에 방문하게 된 이유는 지역에서 가장 핫한 곳으로 꼽히기 때문입니다. 처음에는 그 외관이 허름하고 사람들이 북적거리는 느낌이었습니다."

남자 평가원은 자신이 처음, 밀 하우스에 방문했을 당시의 모습을 떠올렸다.

당시 밀 하우스의 전경은 썩 좋다고 할 수 없는 것이었다.

허름한 외관, 시끌벅적한 내부, 평소 그들이 즐겨 다녔던 파인다이닝에 비하면 다소 난해한 인테리어.

하지만 그저 왔기에 음식이라도 먹고 가자는 생각으로 맛만 보고 갈 생각이었으나…….

그런 곳의 음식이 정말 맛있었다.

여타 다이닝에서 만드는 음식처럼 셰프만의 고민이 담겨 있었으며, 일손이 많이 없는 상황에서도 밀 하우스를 방문한 손님들을 위한 세세한 관심을 기울이고 있었으니.

당연히 부족한 모습을 보이리라 생각했던 자신의 생각과

마음을 뒤흔들기에 충분했던 것이었다.

"그러나 내부의 사정은 완전히 달랐습니다. 음식의 맛은 더할 나위 없이 훌륭했으며, 직원이 몇 없음에도 손님 하나 하나에게 세밀한 관심과 서비스를 제공하고 있었습니다."

"흐음."

노신사가 자신의 턱을 쓰다듬는다.

그런 그의 시선은 남자 평가원의 눈에 맞춰져 있었다.

다소 흥미롭다는 느낌이었다.

'저 아이가 저렇게 말하는 것이 얼마 만이지.'

오랜 시간을 미식계에서 보낸 만큼, 저 평가원과 지낸 시간 역시 적지 않다.

그리고 그의 눈에 남자 평가원은 항상 완벽을 추구하는 인물이었고, 또 칭찬에 다소 인색한 편이었다.

그런 그가 칭찬을 내뱉고 있는 모습을 보자니 다소 어색하면서도 흥미가 돋았다.

"그러니까…… 저 밀 하우스라는 식당을 추천한다는 이야기입니까?"

"네, 맞습니다. 단, 빕구르망이 아닌, 원 스타로 추천드리는 바입니다."

남자 평가원의 말에 장내가 술렁이기 시작한다.

스타. 음식을 만드는 셰프들에게 있어 영예의 자리를 고작 저런 허름한 비스트로에게 줘도 되냐는.

무언의 시선들이 느껴졌으나 남자는 그 시선을 아무렇지 않게 받아 냈다.

그러고는 의장을 잠시 바라볼 뿐이었다.

노신사는 한번 헛기침을 내뱉고는 입을 열었다.

"지금까지 미슐랭에 등재된 스타를 받은 식당 중 비스트로가 스타를 받는 경우는 없었습니다."

"알고 있습니다. 하지만 전례가 없었을 뿐, 저희의 평가 기준을 따져 본다면 비스트로 역시 미슐랭의 별을 받는 데에는 전혀 문제가 없습니다."

남자가 빙긋 웃으며 입을 열었다.

노신사는 자신과 다르다.

엄격하지만, 또 정말 자신의 기준치를 넘으면 유연하게 대처를 하곤 했다.

만약 그라면 밀 하우스에 스타를 부여하자는 자신의 생각을 어느 정도 존중해 주리라.

"저희가 평가하는 기준은 언제나 명확하죠. 요리 재료의 수준, 요리법과 풍미의 완벽성, 요리에 대한 셰프의 개성과 창의성, 가격에 합당한 가치, 전체 메뉴의 통일성."

남자 평가원이 노신사를 바라본다.

노신사는 자신과 눈을 맞추고 있었다.

과연 정말로 일개 비스트로가 이 모든 기준을 갖춘 요리를 하고 있냐는 듯한.

천재셰프 회귀하다

하지만 남자 평가원은 자신의 뜻을 굽힐 생각이 없었다.

아니, 오히려 더 명확하게 변한 상황이었다.

"당연히 비스트로인 만큼, 다이닝처럼 통일성을 바라기에는 어려울 것이 분명하고. 그 외에도 딱히 대단한 게 있으리라 생각하진 않습니다만. 정말로 그곳이 스타를 받을 자격이 된다 생각하는 겁니까?"

"물론입니다. 적어도, 제가 본 기준에서 밀 하우스는 어느 곳에 뒤떨어질 만한 식당은 아니었습니다. 다이닝이 아니기에 2스타 이상으로 올라가는 것은 무리가 있지만, 원스타는 충분히 받을 식당입니다."

"그렇습니까……."

노신사가 남자 평가원을 보며 흥미롭다는 표정을 지었다.

미슐랭은 절대 개인의 객관적인 시선으로 평가가 매겨지지 않는다.

여럿이 함께 음식을 먹고 평가해 기준점을 넘어야 별을 부여할 수 있다.

그런데 일개 비스트로가 그 기준을 넘었다는 건가?

남자 평가원의 말에 다시금 장내가 소란스러워진다.

고작 비스트로에 그만한 수준의 실력이 정말로 있냐는 이야기가 대다수.

노신사는 잠시 생각에 잠기는가 싶더니, 입을 열었다.

"그럼 이렇게 하죠."

노신사의 말에 장내에 있던 모두가 노신사의 말에 집중했다.

그리고 노신사의 입에서 흘러나온 말을 들은 이들은 멍한 표정을 지을 뿐이었다.

한편 밀 하우스 주변의 식당들은 저마다 걸려 있던 할인 포스터를 없앤 상태였다.

호객 행위도 줄어들었고, 무엇보다 손님들이 들어오지 않고 메뉴를 파악할 수 있도록 가판대를 설치하는 곳들도 존재했다.

모두 손님의 입장에서 그들이 할 수 있는 최선의 배려가 이뤄지고 있는 것이었다.

그것을 본 재희가 미소를 지었다.

"이래야 거리 다닐 맛이 나지. 안 그러냐?"

"응. 처음엔 조금 머뭇거릴 줄 알았는데 단합력도 좋고 실행력도 빠른데?"

"그러니까. 나도 이 정도로 빠르리라 생각하진 않았는데. 이번에 있었던 일로 자극이 제법 됐나 봐."

"재희 형이 술에 취해서……."

"야, 야!"

재희는 여전히 술을 마시고 취해서 떠들어 댔던 일이 부끄럽다는 반응이다.

　그때 이후로 다른 사장님들에게 사과를 전달하긴 했으나, 다른 사람의 이야기도 아니고 본인 이야기다.

　부끄러운 것은 당연한 일.

　도진은 장난스러운 표정으로 그런 재희를 놀려 대며 입을 열었다.

　"그래도 좋은 방향으로 흘러갔으니까 좋은 거 아니겠어?"

　"……하여간 도진이. 너 요즘 나 놀리는 맛 제대로 들렸네."

　"인과응보라는 말이 이래서 만들어진 거지."

　그렇게 말한 도진히 피식 웃는다.

　지금까지는 재희가 도진을 놀리는 입장이었다.

　재희의 활기찬 에너지와 장난스러움, 능청스러운 말투 때문에 지금까지는 그것을 받아 주는 일이 많았는데.

　이번 기회에 놀릴 기회가 생긴 것.

　도진은 이 기회를 놓치지 않고 적극적으로 활용하고 있었다.

　"어휴. 내가 다시 술을 마시면 사람이 아니라 개지. 개."

　재희의 말에 도진이 피식 웃는다.

　그와 함께 있으면 언제나 재밌다는 생각이 절로 들곤 한다.

사람이 하는 말이 재밌는 게 아니라, 사람 본연의 매력이 있다면 이런 게 아닌가 하는.

도진은 장바구니를 쥐고는 선두로 발걸음을 옮겼다.

"어서 가자."

"그래. 알았어."

그렇게 먼저 발걸음을 옮기고 있을 때였다.

뚜르르-.

재희의 스마트폰이 소음을 만들며 떨어 대기 시작했다.

그는 자신의 주머니에서 스마트폰을 꺼냈다.

그곳에는 너무나 익숙한 이름이 적혀져 있었다.

[한나]

전화를 한 주인공은 다름 아닌 한나였다.

통화 버튼을 누른 재희가 스마트폰을 귀에 가져다 대었다.

"어. 무슨 일이야?"

-재희, 지금 바로 가게로 와 줄 수 있어?

"무슨 일인데?"

-가게에 손님이 왔는데, 너를 좀 보자고 하셔서.

"나를?"

생각지도 못한 손님의 등장에 재희는 당황스러운 표정이었다.

아직 밀 하우스의 영업이 시작되기 전이다.

그리고 이렇게 영업이 시작되기 전에 세프를 만나러 오는 경우는 드물었으므로.

-응. 그래서 지금 오는 데 시간이 좀 걸린다고 말하긴 했는데. 언제쯤 오나 싶어서.

"지금 바로 갈게. 마이더 삼촌네 가게니까 가는 데 한 10분이면 도착할 거야."

-알았어.

그렇게 말한 한나가 전화를 끊었다.

재희는 전화가 끊어진 전화를 보며 고개를 갸우뚱하다가 이내 발걸음을 옮기기 시작했다.

자신의 식당이자, 손님들이 함께 즐기는 휴식처인 밀 하우스로.

⚔️

반면 남자 평가원과 노신사는 밀 하우스 내부에 앉아 시간을 보내고 있는 중이었다.

의장인 노신사는 초연한 표정으로 앉아 차를 홀짝이고 있는 데 반해, 남자는 초조한 표정이었다.

그도 그럴 게, 의장은 원래 직접 나서지 않는다.

권한은 있는데, 굳이 몸을 내놓기보다는 평가원들이 가지고 온 자료들을 정리하고 때론 회의를 열어 의견을 취합하는 역할.

그런 사람이 옆에 있으니 긴장이 안 될 수가 있나.

"긴장하지 말게. 이렇게 평가에 참여하는 건 오랜만이지만, 나도 평가원의 입장이니 말일세."

그렇게 말하며 남자의 어깨를 가볍게 두드리는 노신사.

하지만 그럴수록 남자의 표정은 굳어 갈 뿐이었다.

아주 미칠 노릇이다.

의장은 다른 평가원들 위에 있는 존재다.

그런 존재에게 밀 하우스를 추천하고 돌아온 대답이 이것이었다.

자신과 함께 밀 하우스에 가서 음식을 평가해 보자는 이야기.

전례가 없는 일인 만큼, 자신이 직접 확인해 보고 싶다는 것이 그의 의견이었다.

스타라는 영예의 자리를 올린다는 것이 어려운 일이라 생각하긴 했으나.

이런 노신사의 말은 생각지 못한 일이었다.

"그나저나 우리가 너무 빨리 오긴 한 것 같군."

"아마 곧 있으면 오픈 시간이니 문제는 없을 것 같습니다."

"그것도 있지만, 식당의 입장에서 오픈 전에 손님이 자리하고 있으면 얼마나 불편하겠나."

노신사가 한나가 있는 곳을 슬쩍 바라본다.

한나는 청소를 하면서도 힐끔힐끔 노신사와 남자 평가원이 있는 곳을 바라보고 있었다.

원래라면 영업시간 전에는 손님을 들이지 않는 것이 원칙이었으나, 노신사의 존재도 있고, 밀 하우스에는 마땅히 손님을 위한 대기실이 없기에 들이긴 했으나.

그렇게 손님이 홀에 자리를 잡고 앉아 있으니 의식하지 않으려 해도 의식이 되는 모양이었다.

"그나저나 정말 이곳이 자네가 말한 곳이 맞나?"

노신사가 주위를 한번 둘러보고는 질문을 던졌다.

남자 평가원이 말한 대로 이곳은 무척이나 허름했다.

최소 수십 년은 자리를 지켜 온 오래된 노포와 같은 식당.

그렇기에 더욱이 이곳에 별을 달라는 남자의 말이 잘 이해가 가질 않았다.

남자는 고개를 끄덕이면서 입을 열었다.

"겉보기에는 허름하지만, 음식을 맛보면 생각이 달라지실 겁니다."

"그래?"

노신사가 피식 웃는다.

저 완벽주의자의 입을 만족시킨 요리가 무엇일지 하는 생각과 함께.

그렇게 둘이 떠들어 대고 있을 때였다.

딸랑-.

밀 하우스의 문이 열리고.

한나의 표정이 밝아졌다.

"죄송합니다. 늦었습니다."

재희와 도진이 장바구니를 양손 가득 가지고 밀 하우스로 들어온다.

그런 그를 바라보는 시선에는 묘한 호기심이 어린 시선도 존재했다.

도진과 재희는 빠르게 조리복으로 환복하고는, 손님을 향해 다가갔다.

"오픈 시간 전에 이렇게 먼저 찾아 주셔서 감사합니다. 다만, 아직 저희가 식재료를 준비하는 시간이 없이 시작을 하는 터라, 시간이 조금 걸리는데 괜찮으신가요?"

"괜찮습니다. 저희가 예상치 못하게 빨리 온 것인데…….

죄송합니다."

노신사가 고개를 숙여 인사한다.

그런 노신사의 행동에는 품격이 묻어 나왔다.

다양한 다이닝을 다니고, 셰프를 비롯한 수많은 미식가들과 대화를 나누었던 경험들이 축적되어 나오는 모습이었다.

도진은 고개를 설레설레 저으면서 입을 열었다.

"아닙니다. 손님이 식당에 오는 것에 반감을 가질 셰프가 어디 있겠습니까? 다만 미리 준비하지 못해 오래 기다리게 만든다는 게 죄송할 따름입니다."

도진은 부드럽고 따뜻하게 미소를 지어 가며 그의 말에 괜찮다는 의사를 전달했다.

그러고는 남자 평가원을 슬쩍 보고는 입을 열었다.

"아, 어쩐지 낮에 익으신 분이 앉아 계신다 싶었는데 전에 최근에 저희 식당을 몇 번 방문하셨던 손님 분이시군요."

"아, 기억하시는군요."

"그럼요. 처음 오거나 그 기간이 너무 길어지면 까먹긴 하지만 이 정도 간격으로 오신 손님은 너끈히 기억하고 있습니다."

도진의 말에 멋쩍게 웃는 남자 평가원.

노신사는 그런 둘의 대화를 재밌다는 양 바라보고 있을 뿐이었다.

"그나저나 어떤 것으로 준비해 드릴까요?"

"어떤 메뉴가 괜찮은가요?"

"따뜻한 것이 좋으시다면 에그인헬이나……."

도진이 메뉴판을 펼치며 대화를 이어 나갔다.

한나는 뒤에서 홀을 정리하고 사람들을 맞이할 준비를 하고 있는 중이었고.

재희는 가볍게 손님께 인사를 하고는 재료를 손질하러 주방으로 향한 상황.

도진은 여유로운 표정으로 그들을 응대했다.

잠시 그렇게 메뉴판을 같이 보고 있을 때였다.

노신사가 무엇인가를 발견하고는 입을 열었다.

"여기, '주방장 마음대로'는 어떤 메뉴입니까?"

그의 눈에 들어온 것은 주방장 마음대로.

하긴, 가장 눈에 띄는 메뉴이긴 하다.

원래 이런 비스트로에선 정해진 메뉴만을 먹는 일이 많았으니까.

"말 그대로 주방장이 원하는 음식을 제공하는 서비스입니다."

"호오, 재밌는 시스템이네요."

"저희 주방장님 성격이 자유로우신 분이라…… 하하. 그래도 맛은 확실합니다."

도진의 설명에 노신사가 즐겁다는 표정을 지었다.

음식에는 먹는 즐거움만이 존재하는 것이 아니었다.

음식을 먹는 즐거움 외에도 같이 음식을 먹는 사람과 나누는 시간에서 오는 즐거움이라든가, 때론 향과 풍미가 대단한 경우들도 왕왕 있었다.

미식가로 오래 활동을 했던 노신사 역시 그런 즐거움을 너무나도 잘 알고 있었고.

또 그 즐거움을 다시금 느끼고 있었다.

"약간 일본의 오마카세라든가, 한국의 주방장 특선 요리와 같은 느낌이겠군요."

"정확합니다. 그래서 오늘은 어떤 요리를 내놓을지 저 역시 아는 것은 없습니다만, 원하시는 요리나 취향이 있으시다면 최대한 맞춰서 요리해 드리겠습니다."

"알겠습니다. 그럼 이걸로 두 개. 부탁드립니다."

"네, 알겠습니다. 주방장 마음대로 2개 외에 따로 더 필요하신 것은 없으신가요?"

"네, 없습니다. 감사합니다."

노신사가 빙긋 웃는 것으로 주문을 마무리했다.

미슐랭의 평가원들은 음식을 먹을 때 이런저런 제약들이 많다.

최대한 공정하고 정확하게 맛을 심사하기 위해서다.

그것들을 전부 나열할 수는 없겠으나.

너무 맵거나 자극적인 음식들은 먹는 양을 줄이고, 술을 마시지 않는 것을 원칙으로 하기도 한다.

가끔 상황에 따라서는 와인과 음식을 매칭하는 시스템인 와인 페어링을 곁들일 때도 있었으나.

절대 취하거나 혀의 미뢰가 마비되지 않을 선에서만 먹는 것을 권하고 있었다.

도진은 그런 그에게 추가적으로 질문을 던졌다.

"혹시 달리 못 먹으시거나 좋아하는 식재료나 음식이 있으실까요? 맞춰서 만들어 드리겠습니다."

"이런, 너무 어려운 질문이군요. 제가 좋아하는 식재료를 나열하면 끝이 없고, 못 먹는 음식을 따지면 정말 오랜 시간 고민을 해야 할 테니까요."

"하하하. 재밌는 분이시네요."

미식가이기에 할 수 있는 말이었다.

도진은 그런 그의 말에 즐거이 웃어 주면서 재차 물었다.

"그럼 질문을 조금 바꿔 볼까요? 오늘 당신의 하루를 특별하게 만들어 줄 거라 생각하는 음식이 있으실까요?"

"으음……."

노신사는 잠시 상념에 잠기는 듯했다.

남자 평가원도 마찬가지.

그들이 먹은 음식이 많을 것이라는 것은 안다.

명색이 미식가 아니던가.

전 세계의 여러 레스토랑을 돌며 다양한 방식으로 만든 음식들을 먹어 보았을 테고.

또 다양한 맛을 느껴 보았겠지.

약간의 시간이 지나고. 노신사가 입을 열었다.

"혹시 장르로 말해도 될까요?"

"물론입니다. 한식, 양식, 중식까지 가능합니다."

천재셰프
회귀하다

"그럼 프렌치로 부탁드립니다."

"저도 프렌치요."

"알겠습니다."

도진이 고개를 숙여 인사를 하곤 주방으로 발걸음을 옮겼다.

프렌치라. 그들이 어떤 의도를 가지고 프렌치를 말했는지는 알 것 같다.

아마도 이 비스토로에서 수준이 높은 음식은 어떤 것이 있는지 알아보고 싶은 거겠지.

그런 음식이라면 얼마든 만들 수 있겠으나.

'코스트가 살짝 마음에 걸리네.'

주인장 마음대로의 가격은 1인분에 11달러.

즉, 한국으로 치면 약 1만 3천 원에 달하는 금액이다.

이 금액으로 만들 수 있는 프렌치로 새로이 고민을 하다 보면 할 수 있는 음식의 양이 많지 않았다.

'한번 냉장고를 보고 고민해야겠어.'

그렇게 생각한 도진이 주방으로 발걸음을 옮겼다.

만약 안 되면 약간의 손해를 보는 음식도 만들어 볼 생각이었다.

왜, 그런 말도 있지 않은가.

개시 손님(첫 손님)이 하루의 모든 매출을 결정한다고.

물론 저들의 경우에는 단순히 오늘 하루로 그 영향이 꺼지지는 않겠지만.

주방으로 돌아온 도진은 영수증을 내려놓고는 작업을 시작했다.

"재희 형, 주인장 마음대로 2개. 프렌치 쪽으로요."

"오케이. 우리 시간 좀 걸린다고 전달했지?"

"네. 그리고 형, 혹시 이번 주문은 제가 해도 괜찮을까요?"

"상관없지."

재희는 가볍게 말하고는 어깨를 으쓱이며 자리를 비켜 주었다.

주문을 받고 돌아오면서 어떤 음식을 만들어야 될지 고민은 어느 정도 마무리된 상황이었다.

저들은 이미 세계 정상급의 음식들을 맛본 사람들이다.

당연하게도 그 입맛이 고급스러울 테고, 그것을 전부 만족시키기에는 무리가 있다.

코스트가 낮다는 것은 사용할 수 있는 재료의 폭이 적어진다는 뜻이었으니까.

그래서 고민이 길어진 것이기도 했다.

적은 코스트로 최대한 있어 보이는 요리를 하려면 어떤 것을 만들어야 하느냐.

그리고 지금, 그 계산이 끝났다.

'닭을 이용한 크로메스키와 비프 타르타르. 그리고 샐러드.'

마침 오늘은 고기가 저렴하게 들어온 날이었다.

도진은 고기들을 이용해 음식을 만들 생각이었다.

원재료 코스트는 약 8달러.

들어가는 고기의 양이 많지 않기에 가능한 금액 측정이었다.

이 정도라면 무리 없이 음식을 만들어 낼 수 있으리라.

그렇게 생각한 도진은 먼저 소고기를 집어 들었다.

가장 먼저 할 것은 비프 타르타르였다.

그의 손에 들린 것은 미국산 고기였는데, 다른 와규나 한우와는 다르게 마블링이 적은 상태였다.

미국에서는 기름진 고기 맛보다는 육즙이나 그 풍미를 더 우선시하기에 이런 고기들이 많이 들어오곤 했다.

'사용할 부위는 앞다리살.'

앞다리살은 저렴한 가격을 자랑하는 고기였다.

동시에 약간의 기름짐도 가지고 있기에 타르타르로 만들기에는 부족함이 없는 부위이기도 했다.

도진은 고기를 200g 정도로 잘라 내고는, 그것을 잘게 잘라 내기 시작했다.

타르타르는 양식 버전의 육회라 생각하면 편하다.

만드는 방식도 비슷하고.

다만 한국처럼 배나 참기름 등을 이용하지 않는다는 게 다른 점이랄까.

고기를 잘라 낸 도진은 육즙을 한번 닦아 낸 뒤, 양파를 썰어 고기와 함께 버무렸다.

올리브유, 마늘, 후추, 소금, 케이퍼를 이용해 향을 내고는, 그것을 잘 담아 그릇 위에 얹어 마무리했다.

'이것으로 타르타르는 끝이고. 다음은 닭 크로메스키.'

크로메스키는 프랑스식 코로케와 같은 느낌이었다.

도진은 닭의 어떤 부위를 이용해 음식을 만들지 고민하다가, 가슴살 부위를 골랐다.

흔히, 닭가슴살은 퍽퍽하다는 인식이 있는 것은 사실이었다.

하지만 그건 오버쿡되었을 때의 모습이다.

제대로 요리한다면 닭가슴살은 부드러운 텍스처와 함께 먹을 살도 많아 제법 요리에 사용되기 좋은 부위였다.

도진은 닭가슴살을 떼어, 데친 시금치 위로 올렸다.

그러고는 잘 말아내고는, 통째로 튀김 반죽을 바르기 시작했다.

"크로메스키야?"

재희가 호기심이 동했는지 슬쩍 자신에게 다가와 말을 건넨다.

도진은 고개를 끄덕이며 답했다.

"응. 그런데 안에 소고기가 아닌 닭가슴살을 넣었어."

"닭가슴살? 조리가 꽤 까다로울 텐데."

재희 역시 오버쿡 되었을 때를 걱정하는 눈치였다.

아무리 신경을 잘 쓴다고 해도 항상 변수라는 것은 존재하고.

그 변수가 최악의 결과를 만들어 내기도 하는 법이었으니까.

하지만.

"잘 조리해야지."

도진이 자신감 넘치는 목소리로 말했다.

쉼없는 노력의 끝에서 만들어지는 결과는 실패할 수가 없다.

실패를 분석하고 보완하는 이에게 요리는 배신하지 않는다.

도진은 그 사실을 너무나 잘 알고 있었다.

치이이-.

반죽물을 평평하게 정리한 도진은 크로메스키를 기름에 집어넣었다.

'스테이크랑은 다르게. 온도와 시간을 잘 계산해서 꺼내야 해.'

스테이크는 많이 만들어 보면 어느 정도 감이 온다.

어느 정도가 완전히 익지 않았으며 어떤 상태인지에 대해서.

하지만 튀기는 것은 그렇게 할 수 없다.

때문에 도진은 기름의 온도와 시간을 계산해 크로메스키를 꺼내기로 했다.

그렇게 약 3분 정도 지났을까.

촤악!

기름에서 꺼낸 크로메스키는 황금빛의 색깔을 자랑하고 있었다.

그것을 들어 접시에 담는 순간.

도진은 확신할 수 있었다.

이건, 완벽하게 조리되었노라고.

'좋은 반응이 나오기를.'

도진은 그렇게 생각하며 접시 위의 음식들을 플레이팅하기 시작했다.

소스를 뿌리고, 각종 가니시를 이용해 음식을 아름답게 꾸며낸 도진은 만족스러운 표정을 짓고는, 그것을 패스에 밀어 넣었다.

"주인장 마음대로 2개 나왔습니다!"

최선을 다해 음식을 만들었다.

다음은 이 음식을 먹을 손님들의 입가에 미소가 그려지는

천재 셰프
회귀하다

것을 기다리는 것뿐이었다.

반면 남자 평가원은 뻘쭘한 표정으로 의장과 나란히 자리하고 있는 상황이었다

노신사는 그런 남자를 잠시 바라보더니 입을 열었다.

"그나저나 의외이긴 했네."

"네?"

남자 평가원이 잔뜩 기합이 들어간 목소리로 되물었다

노신사는 그런 남자 평가원을 보며 입을 열었다.

"스타 이야기를 꺼낸 것 말일세. 자네, 원래 완벽주의자적 성향을 가지고 있지 않았나?"

"딱히 완벽주의자는 아닙니다. 다만…… 제 기준에서 훌륭한 요리란 고객의 마음을 뒤흔드는 요리라는 저만의 신념이 있기 때문입니다."

"그런가."

입을 만족시키는 요리는 많다.

일상에서 먹는 햄버거만으로도 맛있다는 이야기가 나오는 경우는 심심치 않으니까.

다만, 그것이 과연 수준이 높은 음식인가를 따져 보면 그렇지 않다.

과연 최고의 음식은 무엇일까?

남자는 그 질문에 감정을 건드리는 요리라 생각했다.

같은 음식을 먹더라도 보는 것, 맛, 향이 다르기 마련이다.

그리고 누구랑 먹는지, 어떤 광경과 함께 보는지도 맛에 주는 요소.

이런 것을 따졌을 때 지금까지 그의 입을 만족시키는 것이 적었을 뿐이다.

노신사는 커피를 홀짝이곤 입을 열었다.

"그렇다면 이곳에선 새로운 감정을 느낄 수 있겠군."

노신사의 말에 남자 평가원이 처음과는 다소 누그러진 표정으로 입을 열었다.

"그 감정이 썩 불쾌하진 않으실 겁니다."

자신에 찬 목소리였다.

그것을 본 노신사가 퍽 재밌다는 표정을 짓는 사이.

"음식 나왔습니다."

그들의 앞에 음식이 플레이팅되어 나왔다.

남자의 말처럼 이 음식이 새로운 감정을 불러일으킬지.

아니면 그렇지 않을지는 먹어 보면 알게 될 터였다.

노신사는 흥미로운 듯 음식을 바라보았다.

비스트로. 그리고 이곳에 나온 음식들은 다소 어색한 것들이었다.

볶음밥을 시작으로 퓨전 요리까지.

그 뿌리를 어디라 딱 단언하기 어려운 메뉴들.

때문에 주문했다.

이곳에서 정말 나올 법할까 싶은 메뉴를.

그리고 눈앞의 남자는 그것을 완벽하게 소화해 자신에게 내밀고 있었다.

"닭가슴살로 만든 크로메스키와 비프 타르타르입니다. 그리고 샐러드는 서비스입니다."

"감사합니다. 잘 먹겠습니다."

노신사는 그렇게 말하고는, 수저를 들어 음식을 향해 손을 뻗었다.

궁금하다.

감정을 움직이는 요리란 어떤 맛인지.

이 낡고 허름한 비스트로에 담긴 실력이 어떤 것일지.

새둥지에 몸을 뉘인 게 잠룡일지, 아니면 메추리일지.

바삭!

노신사는 가장 먼저 크로메스키로 손을 옮겼다.

바삭한 식감을 자랑이라도 하듯 터져 나오는 사운드와 달리, 부드러운 시금치와 닭가슴살이 잘려 나간다.

노신사는 그것을 입에 집어넣었다.

"음."

호평인지 혹평인지 알 수 없는 리액션이 터져 나왔다.

남자 평가원은 그런 노신사의 모습을 잠시 바라보다, 입을 열었다.

"맛이 어떠십니까?"

그 말에 다시 고개를 들어 남자 평가원을 바라보는 노신사.

그의 입가엔 미소가 걸려 있었다.

"확실히, 이곳의 음식에는 이곳만의 특별한 무언가가 있군."

크로메스키나 비프 타르타르나.

둘 다 고난이도의 스킬을 요구하는 음식은 아니었다.

그럼에도 밀 하우스의 음식은 먹는 사람으로 하여금 미소를 짓게 했다.

바삭한 튀김옷과 반대로 시금치와 닭가슴살의 부드러운 텍스처가 합쳐지며 오묘한 식감을 만들어 낸다.

이런 식감을 먹어 보지 않은 것은 아니다.

말했듯 특별한 스킬을 요하는 음식이 아니었기에, 다양한 식당에서 이 음식을 맛봤다.

하지만 그들과 이곳의 차이점이 있다고 한다면 음식과 손님을 대하는 방식의 차이일 거다.

'잡내도 없고. 딱딱하지 않은 게, 일부러 날 배려한 건가.'

노신사가 주방을 힐끗 바라본다.

노령이 된 인간의 치아는 약하다.

천재셰프
회귀하다

그것을 의식하고 만든 것인지는 모르겠으나.

밀 하우스에서 내온 크로메스키는 무척이나 부드러웠다.

딱딱할 것 같은 튀김옷은 약한 입놀림으로도 으스러지고 있었고, 또 으스러지면서도 새로운 식감을 만들어 내는 게, 확실히 이 정도면 미식의 범주에 들 만한 것이라 생각했다.

"확실히 자네가 왜 그런 말을 했는지 조금은 알 것 같군."

"그렇습니까?"

남자 평가원의 표정이 한결 풀어졌다.

노신사는 수많은 나라를 오가며 음식을 먹고 맛본 평론가.

그런 이의 인정을 받는다는 것은 단순히 칭찬의 범주를 넘는 것이었으니까.

노신사는 마저 비프 타르타르까지 입에 집어넣었다.

"으음?"

그러곤 이내 뭔가 이상함을 느끼고는 눈을 살짝 떴다.

분명 자신이 아는 비프 타르타르는 부드러운 식감만이 가득한 것이었다.

하지만 밀 하우스가 내준 비프 타르타르에는 어딘가 고소하면서도 눅진한 무언가가 있었다.

노신사는 그 정체를 어렵지 않게 추측할 수 있었다.

"계란이 들어갔네."

계란. 정확히 말하면 계란 노른자.

정통 프렌치와는 다소 차별점이 있는 부분이었으나.

노신사는 상관없다는 눈치였다.

비프 타르타르의 살짝 강했던 간을 노른자가 터지며 부드럽게 억누르고 새로운 풍미를 더하고 있지 않나.

의도를 가지고 넣은 조리법인 만큼, 그럭저럭 괜찮다 생각할 뿐이었다.

"그러게요. 원래 정식 프렌치에서 계란 노른자가 들어가진 않는데."

"아마도 간이 조금 세서 그것을 누르려고 한 것 같은데, 오히려 계란이 들어가서 새로운 풍미가 생기는 느낌이군."

"그러게요. 마치 한국의 육회랑 어느 정도 비슷한 부분도 있는 것 같습니다."

남자 평가원의 말에 노신사가 고개를 끄덕인다.

그들이 주문한 것은 분명 프렌치긴 했으나, 그것을 한식에서 어느 정도 장점을 가져와 음식을 만든 상황.

하지만 비프 타르타르라는 그 정체성을 잃지도 않았다.

어떻게 보면 컨템퍼러리의 한 부분으로도 볼 수 있겠으나.

뿌리는 프렌치였으므로 완전히 다른 것도 아닌 상황.

노신사는 그런 생각을 하면서 픽 웃었다.

그러고는 자리에서 일어났다.

"셰프."

그리고 나지막이 도진과 재희를 불렀다.

무언가 결심한 듯한 표정으로.

노신사의 부름에 도진과 재희가 카운터로 발걸음을 옮긴다.

주방 인원이 온 것을 확인한 노신사는 오래된 지갑에서 명함을 꺼내 그들에게 건넸다.

"저는 이런 사람입니다."

도진과 재희가 노신사가 건넨 명함을 바라보았다.

지금까지 봤던 다른 명함들과는 차이가 있는 명함이었다.

가장 특이한 것은 이름이 없다는 점.

그 위에는 미쉐린 그룹의 마크와 함께 자신이 속한 곳을 표기하고 있었다.

'익명성을 지킨다더니, 이런 부분까지 신경을 쓴 건가.'

미슐랭에서 평가원으로 일하는 이들은 자신의 정체를 드러낼 수 없다.

자신의 정체를 알게 되면 별을 받아 보고자 이런저런 혜택을 부여할 수도 있고.

그렇게 되면 당연하게도 공정성이 무너지게 되니까.

손님으로 위장해서 블라인드 테스트를 하는 것도 같은 맥락에서 나온 것이었다.

하지만 설마 명함까지 이름을 가릴 줄은 몰랐다.

잠시 그렇게 명함을 구경하고 있을 때였다.

노신사가 다시 입을 열었다.

"저는 미슐랭에서 온 평가원입니다. 이곳의 음식이 대단하다는 이야기를 듣고 직접 먹어 보기 위해 왔습니다."

도진이 고개를 들어 노신사를 바라본다.

옆에는 남자 평가원이 미소를 지으며 그들을 바라볼 뿐이었다.

"그리고 이곳에서 먹은 음식은 훌륭하더군요. 때문에 미슐랭의 평가와 관련해서 잠시 대화를 하고 싶은데, 가능할까요?"

정중한 말투였다.

그리고 그 말을 들은 도진은 생각이 많아질 수밖에 없었다.

지금까지 재희가 말한 것들을 생각해 보면 딱히 미슐랭에 흥미가 없다는 것은 분명한 사실이었으니까.

그런 이에게 미슐랭의 명함을 들이민다는 것이 어떤 감흥을 주겠는가.

도진이 입을 열었다.

"저는 셰프가 아닙니다. 셰프는 이쪽이죠."

그렇게 말한 도진이 재희가 있는 쪽을 가리켰다.

예상대로 재희는 퍽 난감한 표정을 짓고 있었다.

자신이 다른 식당의 사장들에게 미슐랭에 대해 신경 쓰지 말라고 말한 게 불과 며칠 전의 일이다.

그런데 미슐랭에서 자신을 찾아왔으니, 지금 있는 상황이 다소 불편하고 난감하게 여겨지는 듯했다.

"안녕하세요. 밀 하우스의 셰프. 재희입니다."

"아, 안녕하세요. 말했듯 평가와 관련해 말씀을 좀 여쭙고자 하는데 혹시 가능하겠습니까?"

"죄송합니다."

재희가 입을 열었다.

그러곤 자신이 지금까지 가지고 있던 신념을 가감 없이 그들에게 전달하기 시작했다.

"이곳, 밀 하우스는 손님들이 부담 없이 와, 음식을 먹고 즐기는 공간입니다. 그렇게 만들려고 노력했고, 음식을 만들어 왔습니다. 하지만 평가를 받고 그 평가에 매달리는 일이 생긴다면 그 의미는 퇴색되게 됩니다."

"그 말씀은……."

"저는 미슐랭의 평가를 받을 생각이 없습니다."

실로 대단한 배짱이었다.

미슐랭이라는 이름에 환장하는 인물들도 있는데, 자신에게 온 기회를 손님을 위한다는 말로 이렇게 무산시킬 수 있는 사람이 얼마나 될까.

많지 않을 것이다.

때론 가식적인 미소와 친절을 앞세워 그들을 대하는 이들도 있을 것이다.

그만큼 미슐랭이라는 이름이 주는 홍보효과와 가치는 적지 않은 것이었으니까.

하지만 눈앞의 남자는 자신이 지금까지 지켜 온 소신을 간직하고 지키려 애쓰고 있었다.

'이런 사람이 지금까지 얼마나 있었지.'

자신에게 이득이 될 만한 이야기를 걷어차는 사람.

그 이유가 자신에게 향하는 것이 아닌, 타인을 위하는 사람.

그런 사람은 많지 않았다.

동시에 요리사가 가져야 할 덕목 중 하나라고 생각하기도 했고.

노신사는 남자 평가원과 약간의 대화를 나눈 뒤, 입을 열었다.

"저는 다음 주에 이곳을 떠나게 됩니다."

"좋은 기회를 이렇게 보내게 해 드려서 죄송합니다. 나중에 오시면 서비스라도 드리겠습니다."

"그럴 필요 없습니다. 다음 주, 떠나기 전 이곳에 다시 한 번 들르겠습니다. 그때까지 한 번 더 생각해 보시고 만약 생각이 바뀐다면 말씀해 주시면 좋겠습니다. 허락해 주시겠습니까?"

다시금 정중하지만 무거운 이야기가 오간다.

재희는 잠시 머뭇거리는가 싶더니 마저 입을 열었다.

"그 정도면 충분합니다."

"감사합니다. 그리고 좋은 하루가 되시길 바라겠습니다."

노신사는 고개를 숙여 인사를 하고는, 지갑에서 100달러 짜리 지폐 한 장을 내려놓곤 발걸음을 옮긴다.

남은 것은 팁이라는 이야기와 함께.

그렇게, 짧지만 폭풍 같았던 미슐랭의 평가원의 만남은 끝이 났다.

밀 하우스를 빠져나온 남자 평가원과 노신사는 돌아가는 차에 몸을 맡긴 채, 대화를 이어 나갔다.

"팁을 그렇게 주신 것도 그렇고, 기회를 다시 주신다는 것을 보면 마음에 좀 드시나 봅니다."

남자 평가원이 넌지시 말을 건넸다.

노신사는 물을 한 모금 마시고는 입을 열었다.

"식당은 결국 손님에 의해 일어나, 사장의 손에 의해 끝나는 운명이라네. 그런데 손님을 이만큼 배려하고 음식의 맛까지 좋은 곳을 손님이 어떻게 싫어할 수 있겠나."

"그것도 그렇죠."

노신사는 잠시 상념에 잠기는 듯하다 입을 열었다.

"처음 스타라는 이야기를 들었을 때 말이야."

"네, 의장님."

"빕구르망을 주면 될 식당을 왜 원 스타로 추천을 했는지 몰랐네."

솔직한 감상이었다.

남자 평가원은 그런 그의 말에 귀를 기울였다.

"하지만 먹어 보니 알겠더군. 이곳의 장점은 물론 음식에도 있겠지만, 셰프의 자유롭고 손님을 진심으로 사랑하는 마음에서 비롯된 서비스들이라는 것을."

정말 많은 식당을 돌아다니며 돈을 밝히는 셰프들을 봤다.

돈을 주기 싫어 스타쥬들을 고용하고 다그치며 하다못해 손님에게 내가는 식재료의 퀄리티를 낮추는 이들.

그런 이들을 경멸했고, 피하려 했다.

하지만 이번에 간 식당만큼은 전혀 다른 자세와 태도로 손님을 맞이했다.

오직 손님에 맞춰진 서비스와 음식들.

그런 음식을 대접받았다.

어찌 이런 식당에 혹평을 날릴 수 있겠는가?

완벽을 추구하던 남자 평가원이 왜 스타를 주장했는지도 어느 정도는 이해가 가는 부분이 있었다.

노신사가 다시 입을 열었다.

"내 생각엔 이곳을 단순한 비스트로로 취급하면 안 될 것 같다."

"그 말씀은……."

노신사가 미소를 지으면서 말을 이었다.

"원 스타에 걸맞은 품격이 이곳에 있다 생각하네. 하지만 당황스럽기도 했네. 왜 자기가 원 스타인지 따지는 이들은 있었어도 별을 거부하는 이는 처음 봤으니까."

미슐랭이 어떤 곳인지를 모르진 않았을 것이다.

세프로 활동하는 이들 중에 미슐랭을 모르는 이는 손에 꼽을 정도니까.

그리고 미슐랭을 안다면 그 가치와 명예에 대해 모르는 것도 아닐 거다.

그런데 재희는 그런 영광을 스스로 포기하겠다 말했다.

그리고 그건 노신사에게 있어서도 처음 있는 일이었다.

"심지어 이런 작은 곳에 별이 내려졌다는 이야기를 들으면 미식계에 뜨거운 감자가 되어 매출이 폭발적으로 늘 텐데……."

"그럼 어떻게 하실 건가요?"

남자 평가원이 조심스럽게 물었다.

개인적으로는 정말 스타를 받았으면 좋을 거라 생각하고 있었으니까.

그런 남자를 향해 노신사는 느긋한 미소를 지으며 입을 열었다.

"본인이 싫다면 미련 없이 이곳을 떠나야 하지 않겠나? 미슐랭은 억지로 평가하고 별점을 부여하는 곳이 아니니까. 하지만 작은 바람이 있다면 그들이 별을 받고 더 나아갔으면 좋겠다는 생각이 드는군."

그렇게 말한 노신사가 물을 한 모금 마시고는, 창문 밖을 바라보았다.

"막말로 요즘 이런 식당은 흔하지 않으니까……."

손님에 의해, 손님을 위한 식당.

이런 식당에 빕구르망은 너무 낮은 곳이었다.

노신사는 눈을 감고 오늘 먹은 것들을 떠올렸다.

새 둥지에 자리를 튼 것은 메추리가 아니었다.

잠룡.

그것도 인간을 너무 사랑하는 잠룡이 둥지 속에서 그들을 맞이하고 있었다.

재희가 미슐랭의 제안을 거절하고 난 이후.

밀 하우스의 분위기는 평소와는 사뭇 다르게 흘러가고 있었다.

물론, 손님에게 보이는 모습은 그대로였으나 주방과 홀.

직원들 사이에서는 미묘한 기류가 흐르고 있었다.

"먼저 갈게."

"응. 알았어."

"그리고…… 아니다."

한나는 뭔가 말하려다, 그만두고는 마저 발걸음을 옮겼다.

재희는 그런 한나의 뒷모습을 잠시 바라볼 뿐이었다.

도진은 재희를 잠시 바라보다, 그에게 다가가 입을 열었다.

"재희 형."

"아, 도진아, 무슨 일이야?"

"미슐랭 그거…… 평가받는 게 좋지 않을까?"

도진이 조심스럽게 물었다.

안다, 이런 말이 그를 힘들게 한다는 것을.

줄곧 재희가 원하는 것은 하나였다.

손님을 위한 식당.

그런데 거기에 미슐랭의 평가가 끼어들게 된다면 지금과 같은 마음으로는 음식을 만들 수 없을 거다.

사람의 욕심은 기폭제가 필요한 법이다.

다만, 그 기폭제가 되는 시점이 다를 뿐이지.

지금과 같이 손님을 위한 마음으로 식당을 열다가 갑자기 손님이 들이닥치고, 더 많은 매출이 생기게 된다면 지금과 같은 마음으로 요리할 수 있을까.

'그래도, 둘도 없는 좋은 기회야.'

재희의 마음을 알면서도 이런 말을 꺼내는 데에는 이유가 있었다.

미슐랭의 평가는 말 그대로 평가일 뿐이다.

만약 재희가 이것을 이용할 수 있다면 분명 지금보다 더 높은 곳으로 갈 수 있을 거다.

어쩌면 자신이 꿈으로 그리던 식당을 운영하게 될 수 있을지도 모르지.

재희는 도진을 잠시 바라보다, 작게 숨을 내뱉었다.

"하아, 도진이 너까지 그런 말을 하는 거냐."

"다른 의미는 없었어. 다만, 조금 아쉬울 뿐이야. 다른 사람들이 그토록 원하는 데에는 이유가 있는 법이니까."

"그 이유야 뻔하지. 매출이나 늘리고, 목에 힘이나 주고 다니려는 것 아니겠어?"

생각보다 적대심이 심하다.

예전 미슐랭에게 데인 적이 있는 걸까.

잘 모르겠다. 그의 과거에 대해 들은 적이 없어서.

다만, 그가 생각하는 미슐랭의 이미지는 다소 왜곡되어 있는 듯했다.

도진이 많은 식당을 돌아다니며 미슐랭에 방문했을 때.

그들이 보인 모습은 오만과 돈에 미친 탐욕스러운 모습이 아니었다.

여유. 그리고 더 나은 음식을 만들고자 노력하는 모습이었
다.

도진은 차분하게 말을 이어 나갔다.

"형, 미슐랭이랑 무슨 일이 있는지는 모르겠지만, 나는 형
이 정말 잘됐으면 좋겠어. 진심이야."

"……딱히 무슨 일이 있는 것은 아니야. 그냥, 매출이 늘
었다고 목에 힘주면서 살았던 이들의 말로가 그리 좋지 않다
는 것을 봐 왔을 뿐이야."

도진이 고개를 끄덕였다.

자신 역시 많이 봐 온 광경이었다.

운 좋게 매출이 늘고, 그것에 취해 자기 자신이 위에 있다
착각하는 사람들.

그러나 운은 매일 오는 것이 아니었다.

운으로 잡힌 손님은 손쉽게 사라지는 법이다.

당연하게도 손님이 사라진 식당의 끝이 좋을 리 없다는 것
은 안 봐도 뻔한 것이었다.

"하지만 모든 사람이 그런 것은 아니야."

"……."

"미슐랭은 좋은 기회야. 어쩌면 다른 나라의 손님을 맞이
할 수도 있고. 그런 상황이라면 더 많은 사람의 입맛을 파악
하고 요리할 수 있지 않겠어?"

"더 많은 사람의 입맛을 파악한다라……."

재희가 중얼거린다.

아직 미슐랭을 받아들인다는 게 다소 꺼려지긴 했지만, 도진의 말이 틀린 것은 아니었다.

딱히 악의가 없다는 것이 느껴지기도 했고.

"조금 더 고민해 볼게."

"알았어, 형. 형이 어떤 선택을 하든, 나는 형 선택을 존중한다는 거. 알지?"

"그래."

재희는 도진을 향해 픽, 하고 웃어 보이고는 자신의 방을 향해 발걸음을 옮겼다.

아마 웃음 짓고 있긴 해도, 고민이 많을 거다.

자신의 신념과 새로운 것을 받아들이는 도전.

두 가지를 두고 고민하겠지.

어떤 선택을 하든, 그에게 아쉬움을 느낄 생각은 없었다.

말 그대로 재희에겐 재희만의 신념이 있을 뿐이고.

그 신념에 따라 앞으로의 삶을 개척해 나가면 될 뿐이니까.

그리고 도진은 재희라면 분명 좋은 선택을 할 수 있으리라 생각했다.

약 일주일 뒤.

노신사는 다시 밀 하우스의 문을 두드렸다.

끼익-.

오래된 문이 만들어 내는 소리와 함께 노신사가 밀 하우스에 방문하자, 한나가 언제나처럼 다가와 인사를 건넨다.

"안녕하세요. 또 오셨네요."

"그러게요. 맛있는 향이 어찌나 풀풀 풍겨 오는지, 제 발목을 붙잡아서 말입니다."

노신사가 빙긋 웃으며 인사를 건넨다.

그러고는 주방을 한번 힐끔, 바라보더니, 이내 입을 열었다.

"그나저나 셰프는 안에 계시나요?"

"아, 불러 드리겠습니다. 자리에 앉아 조금만 기다려 주시겠어요?"

"얼마든지."

노신사는 그렇게 답하고는, 빈자리를 찾아 발걸음을 옮긴다.

그런 그의 주변에는 시끌벅적한 사람들의 수다 소리가 들려오고 있었으나.

노신사는 그런 사람들의 수다를 즐거이 들으며 자리로 향할 뿐이었다.

그리고 자리에 앉아 약간의 시간을 보내자, 재희와 도진이 그에게 다가왔다.

"오랜만이군요. 잘 지내셨나요?"

노신사가 자리에서 일어나 고개를 숙여 인사를 건넨다.

척 봐도 나이가 많아 보이는 노신사가 먼저 인사를 하는 것을 보니, 주위에서도 무슨 일인가 싶어 기웃대고 있었다.

"덕분에요. 조용한 곳에서 대화할까요?"

"저는 좋습니다만……. 아직 손님들이 있는데 괜찮습니까?"

"어차피 마지막 주문도 끝났고, 맥주나 마시려는 사람들이 앉아 있는 것이라서요. 괜찮습니다."

"그렇군요."

재희가 어깨를 으쓱이며 답하자, 노신사가 주위를 한번 훑어보고는 고개를 끄덕인다.

확실히 사람들은 다들 맥주를 마시는 데 여념이 없는 상황.

추가 주문으로 들어오는 것들이라 해 봐야 맥주 정도인데, 그 정도는 한나에게 맡겨도 문제는 없을 거다.

"전에 했던 이야기를 조금 연장해 볼까요?"

주방 옆, 스태프들의 휴식처로 활용되고 있는 창고의 의자에 앉은 노신사가 입을 열었다.

창고라곤 하지만, 나름 창문도 있고 깔끔하게 정돈한 다음, 테이블과 의자를 둔 곳이기에 안락한 분위기를 풍기고 있었다.

"좋습니다."

재희의 표정은 노신사가 처음 왔을 때보다는 다소 풀어진 표정이었다.

저번에 미슐랭에 대해 다시 생각해 보는 게 어떻냐는 이야기를 한 이후, 도진은 미슐랭에 대한 언급을 하지 않았다.

자신이 할 수 있는 말과 시간은 끝났으니, 남은 것은 재희의 선택에 맡긴 것이었다.

그리고 지금. 그는 자신의 생각을 어느 정도 끝낸 듯했다.

"그럼 다시 물어보겠습니다. 셰프. 이곳을 미슐랭이 평가해도 되겠습니까?"

다소 무거운 분위기.

미슐랭의 별은 누구에게나 주어지는 것이 아니다.

요리라는 한 길을 우직하게 파고 달려온 사람들 중에서도 극히 일부만이 얻을 수 있는 영예로운 자리.

재희는 저번엔 이 기회를 거부했으나.

"좋습니다."

이번만큼은 그 대답이 달랐다.

아마도 혼자서 오랜 시간 고민하고 내놓은 답변일 것이 분명했다.

노신사가 흥미롭다는 양 그에게 질문을 던졌다.

"저번과는 대답이 달라졌군요. 어떤 심경의 변화가 있던 것입니까, 셰프."

"놀랄 만큼 특별하거나 희귀한 이야기는 아닙니다. 그저, 전에는 이 미슐랭을 단순히 돈과 명예라는 이미지로 봤을 뿐입니다."

"그럼 지금은 그 생각이 달라졌다는 이야기십니까?"

"네."

노신사의 눈이 반짝 빛난다.

미슐랭의 별을 얻고 스스로의 가치를 높게 평가하는 이들이 있다.

그리고 그런 이들은 얼마 가지 못해 별을 잃거나 혹평을 받곤 했다.

밀 하우스의 셰프는 손님을 지극히 사랑하는 사람이었다.

미슐랭의 별을 포기한 것도 그 때문이었는데.

그는 무엇을 보고 다시 미슐랭의 평가를 허락한 걸까.

"미슐랭을 통해 오는 사람들. 저는 그런 사람들을 제 단골로 만드는 것을 새로운 목표로 잡았습니다."

재희의 말에 노신사의 눈이 커진다.

"지금, 전 세계를 당신의 단골로 만들겠다는 말씀이십니까?"

"맞습니다."

재희가 고개를 끄덕인다.

생각보다 큰 스케일이다.

미슐랭이 전 세계에서 가장 유명한 미식 잡지라지만, 그것

천재셰프
회귀하다

만을 보고 전 세계가 자신의 식당을 방문하고, 또 단골로 만들 자신이 있다고 말하고 있었으니.

당연하다면 당연한 반응이었다.

"그게 정말 가능하리라 생각하십니까?"

"안 될 게 뭐가 있겠습니까? 물론, 쉽게 가겠다는 것은 아닙니다. 하지만 결코 포기하진 않을 겁니다."

결의마저 느껴지는 대답이었다.

노신사는 흥미롭다는 양, 재희를 바라보며 미소를 짓고는 입을 열었다.

"그 말, 믿고 있겠습니다."

"실망시키지 않을 겁니다."

어느새 재희의 입가엔 미소가 걸려 있었다.

보는 사람으로 하여금 편안함을 주는 미소.

노신사는 그 미소를 보곤 입을 열었다.

"알겠습니다. 그럼 저희가 내린 밀 하우스에 대한 평가에 대해 이야기해 드리겠습니다."

재희가 노신사를 바라본다.

어떤 결과가 나오더라도 덤덤히 받아들이겠다는 것처럼.

도진은 그런 재희를 따라 노신사를 바라보았다.

노신사는 빙긋 웃으며 입을 열었다.

"저희가 밀 하우스에 내릴 미슐랭의 등급은 원 스타입니다."

그 말에 도진의 눈이 살짝 뜨였다.

원 스타. 비록 하나뿐이지만 별이다.

도진은 밀 하우스의 등급으로 빕구르망 정도의 등급을 예상하고 있었다.

아무리 재희의 실력이 뛰어나다곤 하나, 인테리어와 식당의 분위기가 미슐랭이 선호하는 분위기와는 다소 차이가 있었으니까.

하지만 남자는 밀 하우스에 별을 주겠노라 말하고 있었다.

'그만큼 음식의 격이 높았다는 것인가?'

아주 없는 경우는 아니었다.

지금은 아니더라도, 미래엔 노점이 미슐랭의 별을 받는 경우도 있었다.

물론 아주 극히 일부였고, 등재된 식당의 수 역시 1, 2개 정도였으나.

그들이 별을 받았었다는 것을 생각하면 아주 안 되는 말은 아니라는 뜻.

그리고 그런 경우는 대개 음식이나 하고 있는 일과 관련해서 수많은 연구를 했을 때였다.

음식에 대한 연구, 손님에 대한 철칙을 가지고 최선을 다했던 경우…….

아마 밀 하우스의 경우는 양쪽에 해당될 것이다.

손님을 위한다는 마음가짐 하나로 서비스를 소홀히 하지

천재셰프
회귀하다

않았고, 음식 또한 꾸준히 연구하고 개발해 왔으니…….

어쩌면 밀 하우스에게 미슐랭의 별은 불확실한 미래가 아닌, 확정된 미래였을지도 모른다.

"원 스타……."

재희 역시 예상하지 못한 상황이었는지, 조금은 당황스럽다는 표정이다.

노신사는 빙긋 웃으며 입을 열었다.

"네. 이번 밀 하우스에 방문했을 당시, 밀 하우스는 손님에게 정말 많이 신경 쓰고 있다는 것이 느껴졌습니다. 비록 직원의 수는 적었지만 말이죠."

"그게 식당이 갖춰야 할 가장 기본적인 것이니까요."

"맞습니다. 하지만 이 세상에는 그 기본을 모르는 사람들이 너무 많습니다."

노신사가 쓰게 웃었다.

그도 평가원으로 수많은 곳을 방문하고, 또 실망했을 것이다.

하지만 밀 하우스는 조금 달랐다.

돈을 벌려는 목적은 있지만, 그보다 위에 손님이 있는 듯한 모습.

"미슐랭이 원하는 식당은 그저 그 기본을 지키고 성장하려는 식당입니다. 손님을 생각하는 식당은 더 큰 만족을 손님께 드리려 성장하게 되고. 그러면 어느 순간 품격이라는 이름이 씌워지게 되니까요."

노신사가 재희를 바라보았다.

재희는 살짝 얼어붙은 채, 노신사를 바라보고 있었다.

"그런 의미에서 이곳의 식당은 정말 하나같이 완벽했습니다. 손님을 돈이 아닌, 자신의 음식을 먹는 하나의 주체로 인지하고 있었고, 음식에는 수많은 연구의 흔적이 있었습니다."

재희가 고개를 끄덕인다.

같은 메뉴를 내더라도 수십 번이나 맛을 봤다.

마음에 들지 않으면 냄비 통째로 버렸고, 한 명의 손님을 잃지 않기 위해 자신의 시간을 불태웠다.

이 미슐랭 원 스타는 그런 그의 노고를 치하하는 선물이었다.

"축하드립니다, 셰프. 앞으로도 더 나은 음식을 만들어 주시길 바라겠습니다."

노신사가 고개를 숙여 인사를 한다.

맛보는 사람은 알 수 없다.

하나의 음식이 나오기까지 셰프가 들이는 노력을.

다만, 어렴풋이 예상할 뿐이다.

맛의 완성도와 셰프의 손에 박힌 굳은살이.

결코 아무 과정 없이 음식이 만들어지지 않았음을.

재희는 말없이 고개를 돌려 도진을 바라보았다.

"아마 저 혼자서는 이뤄 내지 못했을 겁니다."

"네?"

노신사가 고개를 들어 도진을 바라본다.

"저 역시 사람이기에, 저와 같은 생각을 가지는 사람은 없으리라 생각했습니다. 하지만 도진이, 이 친구만은 달랐습니다."

재희가 빙긋 웃는다.

그러고는 손을 뻗어 악수를 청한다.

"고맙다, 나처럼 손님을 신경 써 줘서. 그리고 지금까지 버텨 줘서."

도진은 잠시 그 손을 바라보다 손을 잡았다.

"아니야, 재희 형. 나도 형 덕분에 많이 배웠는걸."

재희는 픽 웃고는, 도진을 안아 주었다.

노신사는 그런 그들의 모습을 잠시 바라보다 입을 열었다.

"앞으로도 이 식당에 행복이 계속되기를."

누군가 행복은 우연히 만들어지는 것이 아니라고 했던가.

그 말처럼, 오랫동안 노력해 온 재희의 노력에 세상이 고개를 기웃거리기 시작했다.

한나

며칠 뒤, 노신사가 미슐랭으로 돌아가고 며칠 지나지 않아 미슐랭에서 보낸 패들이 밀 하우스에 도착했다.

큼지막한 패에 굵은 은색 글씨로 적혀 있는 밀 하우스의 이름.

그리고 큼지막하게 그려져 있는 별 하나.

미슐랭의 스타를 공식적으로 인정하는 문장이었다.

"축하해, 형."

"축하까지야. 그냥 난 지금 좀 얼떨떨하네. 내가 정말로 미슐랭 별을 받을 수 있으리라 생각하진 않았었는데."

재희는 지금 상황이 조금 얼떨떨한 모양이었다.

하기야, 밀 하우스를 연 당시만 하더라도 미슐랭을 염두에

두고 열지는 않았을 것이다.

그저 손님들에게 음식을 만들어 주는 것.

오직 그것만 생각하고 만들었겠지.

그러다 식당이 잘되니 하나를 영입한 거고.

손님을 위한다. 그것만 보고 달려왔는데 미슐랭이라는 결과까지 도달했으니 지금 기분이 어떨까.

'좋기도 하고, 또 많이 혼란스럽겠지.'

미슐랭이라는 것은 아무나 얻을 수 있는 것이 아니다.

후보로 선정되는 것조차 수많은 조건을 보고, 그렇게 후보로 선정된 이들 중 뽑히는 것은 소수니까.

그런 미슐랭을, 심지어 미슐랭을 원하지 않던 자신이 받았으니, 기쁘다는 생각과 동시에 여러 생각이 들 것이다.

"앞으로 준비할 게 많겠네."

"응."

재희가 짤막하게 대답한다.

미슐랭의 공식 발표가 있기 전까지 미슐랭의 패를 내거는 것은 금지다.

있다는 언급조차 금지되어 있고.

미슐랭이 가지고 있는 공정성 등을 고려해 만든 규칙이다.

때문에 지금은 원래 있던 단골손님들이 주를 이루겠지만.

미슐랭의 패가 공식적으로 걸리고 나서는 지금과는 완전히 달라지게 될 거다.

격식을 차리고 음식을 먹으러 오는 미식가를 시작으로, 저렴한 가격에 미슐랭에 등재된 음식을 맛볼 수 있다는 소문이 퍼지면 너도나도 할 것 없이 찾아와 음식을 맛보겠지.

'저렴한 미슐랭은 언제나 뜨거운 감자였으니까.'

당장 인터넷에서 가장 저렴한 프랑스 파리의 미슐랭 원 스타 음식이 약 5만 원 정도에 팔리고 있다.

이것만으로도 사람들은 정말 남는 장사냐.

밑져서 장사한다.

극단적으로는 미슐랭의 별을 받기 위해 일부러 손해 보는 장사를 한다는 여론이 판을 치고 있는 게 현실이다.

그런 상황에서 밀 하우스가 등장하게 된다면 어떻게 될지는 불 보듯 뻔한 일 아니겠는가.

'물밀듯이 손님들이 몰리겠지.'

손님이 밀려들어 온다.

단순히 그 정도로 끝나는 일은 아니다.

손님이 몰려든다는 것은, 밀 하우스의 음식을 평가하는 이들이 생긴다는 뜻이고.

그들은 모여 여론을 형성할 것이다.

그리고 그렇게 여론이 굴러가기 시작하면 밀 하우스의 분위기는 당연히 지금과는 사뭇 달라질 수밖에 없을 테고.

어쩌면 지금과는 분위기가 많이 달라질지도 모르는 일.

그것을 대비하기 위해서는 지금부터 미리 대비하는 게 중요했다.

"근데 솔직히, 조금 걱정되긴 하네."

"뭐가?"

"기존에 오던 손님들 말이야. 만약 미슐랭이라는 게 그만한 가치가 있어서 세계 여러 곳에서 사람들이 오게 되다면 원래 우리 식당을 방문해 주었던 손님들은 어떻게 되겠어."

재희의 얼굴에는 수심이 깊은 모습이었다.

미슐랭에서 별을 얻었으면서 이런 고민을 할 수 있다니.

정말, 손님밖에 모르는 바보라니까

도진은 그렇게 생각하며 입을 열었다

"지금부터 대비를 잘해 둬야지. 직원도 더 필요할 테고. 상황에 따라서는 가게를 늘리는 방향성도 고민해 봐야지."

"점점 스케일이 커지는데."

"반대로 생각하면 그만큼 우리가 커졌다는 것을 의미하기도 하지."

재희가 작게 고개를 끄덕인다.

지금까지는 재희, 도진, 한나의 3인 체제로도 어느 정도 커버가 가능했었지만, 이제부터는 아닐 거다.

밀려들어 오는 손님들을 상대하는 것은 지금도 아슬아슬한 범주니까.

여기서 더 는다면 인원 충당은 어쩔 수 없는 일이다.

거기다 도진은 애초에, 오랜 시간 여기 있을 생각도 아니었고.

도진이 빠진다면 분명 이 밀 하우스는 금세 허덕일 게 분명하다.

'재희 형의 생각을 모르는 것은 아니지만.'

재희는 일부러 직원을 더 뽑지 않고 있었다.

그 이유가 오롯이 손님을 위해서지만.

지금은 그 선택이 역으로 자신을 집어삼키고 있는 꼴이었다.

이제는 반대로 손님을 위해 직원을 뽑아야 하는 상황이 되었으니, 재희의 입장에서도 고민을 해야 할 부분이 많아지겠지.

"가게 확장은 하고 싶지 않은데."

"응? 왜?"

도진이 의아한 듯 물었다.

보통의 식당은 더 확장하고 싶어 안달 나는 경우가 많은데, 재희는 반대를 외치고 있었으니까.

"지금 상황에서 확장을 하려면 집을 개조해야 하는데, 그렇게 되면 부모님께 허락도 받아야 하는 문제도 있고. 반대로 식당을 옮겨서 확장을 하자니, 단골들이 못 찾아올 것 같아서."

꽤나 현실적인 이유다.

그것을 말하는 재희는 다소 진지한 표정을 하고 있었다.

그만큼 지금 있는 단골들의 존재를 사랑하고 있다는 뜻이
겠지.

도진은 잠시 고민하다 입을 열었다.

"그럼 단순한 방법이 두 개가 있을 것 같은데. 한번 들어
볼래?"

"뭔데?"

재희가 궁금하다는 듯 되물었다.

도진은 분명 자신보다 어리긴 했지만, 시야가 넓은 듯했다.

경력과는 별개로 뭐랄까…….

더 많은 세상을 보고 경험한 노련한 이 같달까.

그런 이가 말하는 제안이라면 분명 들어서 후회하지 않을
터.

도진이 입을 열었다.

"하나는 밀 하우스를 예약제로 돌리는 거야."

"예약제?"

"응. 밀 하우스에 방문하는 이들 전부를 예약을 받아 음식
을 판매하는 방식이야."

만약 이 방법을 차용하게 된다면 지금처럼 주방이 바쁘거
나 손님들을 기다리게 하는 상황이 없어지게 된다.

함께 일하는 동료의 입장에서도 어깨의 짐을 내려놓을 수
있겠지.

재희는 잠시 고민하다 입을 열었다.

"그거 말고 다른 방법은 없어?"

재희는 도진이 말한 방법이 썩 마음에 들진 않은 모양이었다.

그럴 거라 생각했다.

예약제는 확실히 현실적은 방법이지만, 재희가 원하는 방법은 아니었으니까.

그가 원하는 밀 하우스의 모습을 생각해 보라.

재희가 원하는 밀 하우스의 모습은 손님들이 누구나 편하게 들어와 음식을 먹고 즐기는 모습이다.

그런데 만약 예약제라는 시스템을 도입하게 된다면 기존의 고객들에게 밀 하우스를 방문할 수 있는 진입 장벽을 높이는 꼴이 될 거다.

당연히 셰프인 재희의 입장에서 그런 것은 썩 원하는 방향성이 아닐 터.

도진은 어깨를 으쓱이며 남은 방법에 대해 이야기했다.

"그럼 뭐, 어쩔 수 없지. 영업시간을 늘리고, 지금 있는 자리 배치도 새로 하는 방법은 어때?"

단순하지만, 확실한 방법이다.

영업시간을 늘린다는 것.

이 방법이라면 분명 단골들도 부담 없이 올 수 있다.

다만, 직원들의 어깨에 짐이 조금 늘긴 하겠지만.

그거야 직원을 더 뽑아서 충원하면 될 일.

"으음…… 역시 방법은 그것밖에 없겠지?"

재희는 두 번째 방법이 꽤나 마음에 드는 눈치였다.

물론 자신이 힘들어진다는 것은 변하지 않는 사실이었으나, 그는 그런 것을 계산에 넣지 않는 듯했다.

'그렇게나 손님들이 중요하다는 건가.'

재희가 원하는 것이 얼마나 간절한지 알 것 같았다.

보통은 자신의 안위를 약간이라도 계산의 범주에 집어넣기 마련인데, 그는 그러지 않고 있었다.

그만큼 자신보다 손님을 더 우선시한다는 것을 알 수 있는 부분이었다.

재희는 도진의 어깨에 손을 올리며 입을 열었다.

"힘들겠지만, 우리 조금만 더 힘내 보자."

재희가 살짝 웃으면서 입을 열었다.

참, 고객 사랑은 알아줘야 한다니까.

"응, 형."

도진이 대답했다.

그의 손님 사랑을 조금이나마 거들어 주기 위해서.

며칠 뒤. 재희는 테이블에 앉아 서류를 바라보고 있었다.

"으으……."

"왜, 무슨 일이야?"

앓는 소리를 내고 있는 재희를 발견한 도진이 슬며시 그의 옆으로 발걸음을 옮긴다.

재희의 앞에 있는 것은 지원서였다.

밀 하우스에서 함께 일할 사람을 뽑는 지원서.

재희는 보고 있던 지원서를 내려놓으며 입을 열었다.

"마땅한 사람이 없어서. 보면 당장 쓸 수 있는 사람들이 필요한데, 요리를 배우고 싶다니 뭐니……. 스타쥬를 뽑는 곳을 헷갈린 것이 아닌가 싶은 상황이야."

재희가 숨을 내뱉었다.

새로운 직원을 뽑는 과정은 쉽지 않았다.

일단 당장 요리가 가능할 정도로 실력이 있어야 했고.

무엇보다 재희만큼 손님을 사랑할 줄 아는 사람이어야 했다.

그런 사람을 찾는 것은 무척 어려운 일.

재희의 손님 사랑이 어디 그저 유난한 것이던가.

아마 그의 기준에 맞는 인재를 뽑는다는 것은 제법 시간이 걸릴 만한 일이었다.

"아직 시간은 있으니까 천천히 뽑자. 급하면 될 것도 안 되잖아."

"그렇긴 한데."

재희가 턱을 쓰다듬는다.

식당을 열고 처음으로 맞이하는 큰 변화.

이런 상황이다 보니, 재희는 제법 신경이 많이 쓰이는 듯했다.

"아, 그리고 도진아."

"응?"

"내일은 너도 하루 쉬어."

"갑자기?"

도진이 고개를 갸웃거린다.

밀 하우스의 휴일은 일주일 중 하루.

그 외에는 소위 빨간날이라 불리는 공휴일뿐이다.

하지만 내일은 딱히 공휴일도 아니었기에, 도진은 쉬라는 재희의 말이 다소 어색하게 느껴질 뿐이었다.

"별건 없고. 나도 내일은 일정이 있어서 자리를 비워야 하는 상황이거든. 그래서 한나도 쉬라고 말했고."

요컨대 개인 사정으로 인한 휴일이라는 건가.

하기야, 요새는 너무 바쁘긴 했다.

미슐랭이며 손님들까지.

정신없는 하루들을 보내지 않았던가.

재희에게도 휴일이 필요할 게 분명하다.

"알았어."

도진이 고개를 끄덕인다.

그리고 때마침 홀 정리를 마친 한나가 입을 열었다.

천재셰프
회귀하다

"난 이만 가 볼게."

"어어. 그래. 내일 잘 쉬고."

"응."

한나가 가볍게 고개를 끄덕이고는 문밖을 나선다.

그런 한나의 표정은 어쩐지 좋아 보이진 않았다.

'무슨 일 있나?'

도진의 머릿속에 문득 그런 생각이 들었지만, 이내 고개를 저었다.

자신의 일이 아니기도 했고.

한나는 생각보다 솔직한 편이었다.

문제라든가 특별한 일이 있으면 털어놓는 편.

만약 문제가 있다면 그녀가 먼저 이야기를 꺼냈을 거다.

도진은 그렇게 생각하며 몸을 돌렸다.

'그나저나 내일은 뭘 해야 하나…….'

뜻밖에 얻은 휴일이다 보니, 무슨 일을 할까 다양한 생각들이 머릿속에 떠오른다.

예기치 못한 선물을 받으면 이런 기분일까.

그러다 보니, 도진은 머릿속으로 행복한 상상을 이어 나가고 있었다.

'간만에 전시회나 보러 갈까.'

전생에는 참 예술을 해 보겠다고 여기저기 돌아다니곤 했다.

카르만의 식당 역시 그렇게 돌아다니며 사용할 경비를 모으다 정착한 곳이었고.

마침 국내가 아닌 해외에 나와 있는 만큼, 이만한 기회를 살릴 만한 것이 없었다.

지금까지는 일이 끝나면 완전히 뻗은 탓에 제대로 밖을 돌아볼 기회가 없었는데.

모처럼의 휴일이라면 한 번쯤 둘러보러 가는 것도 괜찮지 않을까?

'재밌겠네.'

그렇게 생각한 도진이 스마트폰을 들어 주변에 전시회를 하는 곳들을 둘러보기 시작했다.

마침 주변에는 자연을 배경으로 한 아티스트의 전시회가 열린다는 이야기가 오가는 상황.

도진은 표를 예매하고는, 집으로 발걸음을 옮겼다.

요즘 들어 일이 술술 풀리는 느낌이다.

밀 하우스는 미슐랭의 별을 받았으며, 손님들은 더욱이 늘어가고 있었다.

물론, 그 손님은 미슐랭이 공식 발표를 하면 더 늘 예정이고 말이다.

도진은 미소를 지으며 이불을 끌어 올렸다.

앞으로도 이런 행복한 나날이 반복되기를 바라면서.

천재셰프
회귀하다

다음 날, 자리에서 일어난 도진은 발걸음을 옮겨 밖으로 향했다.

봄이라지만, 아직 채 가시지 않은 한기가 몸을 향해 다가 왔다.

도진은 걸치고 있던 외투의 주머니에 손을 넣은 채, 전시 회를 향해 마저 발걸음을 옮겼다.

그가 도착한 곳은 전면이 유리로 이루어진 어느 건물이었 다.

외부에는 인조 잔디와 화환들이 아름답게 장식되어 있었 고.

그 사이사이로 조각상과 청동으로 만든 주물들이 자리하 고 있었다.

'이곳만 다른 계절인 것 같네.'

그렇게 생각한 도진은 천천히 발걸음을 옮겨 전시장을 한 바퀴 둘러보았다.

전시장은 제법 재밌는 형식으로 꾸며져 있었다.

동서남북 각 방위에 따라 다른 계절들을 표현하고 있었는 데, 중간중간 겹치는 부분에는 계절의 변화를 표현하듯, 조 금은 색이 다르거나 식물의 상태가 달라지는 것을 표현하기 도 했다.

그리고 중앙에는 항공 사진이 걸려 있었는데, 그 모습은 가히 예술이었다.

계절과 계절이 변하며 만들어 내는 아름다운 조화.

하나의 계절이 변하여 본래의 색과 모습을 조금씩 달리하듯, 항공 사진에는 그런 계절의 모습들이 전부 걸려 있기 때문이었다.

'제법이야.'

자연이라는 주제는 디자이너들이 많이 사용하는 소재였다.

아예 자연주의라는 장르가 있을 정도로 많은 사람이 예찬하는 주제였으니까.

하지만 그런 장르를 단순히 붓과 색으로 표현하는 것이 아닌, 이러한 방식으로도 표현할 수 있을지는 몰랐다.

이건 공간 자체를 예술을 표현하는 수단으로 사용한 것이 아닌가.

'겉이 이 정도면 안은 어떨까.'

도진은 부푼 가슴을 안고 전시장 안으로 발걸음을 옮겼다.

전시장은 충고가 높고 널찍한 공간이었는데, 위로는 형형색색의 나비들이 바람에 따라 살랑이며 제 색을 바꾼다.

그러데이션으로 바뀌고 있는 나비와 스스로 날개를 접었다 펴며 모습과 색을 바꾸는 것을 보면 자연이라는 주제에 이 아티스트가 얼마나 심오하게 접근했는지 알 수 있는 부분이었다.

예술이란 단순히 공부만으로 이해할 수 있는 것이 아니다.

오감.

직접 보고, 경험하며, 맛보고, 느끼는 것에서 시작하는 것이다.

셰익스피어가 로미오와 줄리엣을 공부해서 작성하지 않았듯, 예술이란 감각의 영역과 밀접한 관계가 있었다.

직접 자신이 무언가를 느끼고, 그것에 대해 사색하며 머릿속으로 이미지를 그린다.

그리고 마지막 단계가 표현의 영역이었다.

자신의 머릿속에 그렸던 모든 것들을 손에서 탄생시키는 것.

그런데 그런 이미지를 이런 식으로, 광범위하게 펼칠 수 있다는 것은 그만큼 작가가 자신이 많은 것을 경험했다는 뜻이었으며, 다양하게 모습을 변화하는 것은 그만큼 사색과 이미지를 최대한 그려 냈다는 것이었다.

'슬슬 안으로 들어가 볼까.'

도진은 자신의 위에 있는 나비 조형물을 사진으로 남기고는, 마저 발걸음을 옮겼다.

가장 먼저 자신을 맞이한 것은 아티스트가 직접 붓을 놀려 만든 그림 존이었다.

그림마저도 평범하진 않았다.

실제로 살아 있는 나비를 박제하고, 날개의 위치를 움직여 핀으로 고정하고, 그 박제된 판을 팔레트 삼아 그림들을 그려 냈으니까.

'생동감이 넘치네.'

당장 그림 안에서 유채꽃 위를 거닐던 나비가 당장이라도 날아오를 것 같다.

생물을 박제해 만든 예술들의 특징이었다.

단순히 평면체의 세상에만 국한된 것이 아닌, 현실에서 보는 사람으로 하여금 이미지를 세세히 잘 떠올리고 생동감을 줄 수 있다는 것.

그것을 어떻게 사용하느냐에 따라 사람들의 반응이 여러 갈래로 갈라지는 것은 사실이었으나.

적어도 이 아티스트는 기법에 대한 이해도가 무척이나 높은 듯했다.

도진은 발걸음을 조금 더 옮겼다.

그러자 홀로그램 존이 눈에 들어왔다.

다양한 방향에서 나오는 빔 프로젝터의 이미지가 겹치며 마치 자연의 한 부분에 포함된 것 같은 느낌을 주는 장소.

도진은 그 홀로그램 안에 들어가 주위를 한번 바라보았다.

총기 넘치는 눈을 가진 사슴을 시작으로, 똘망거리는 눈으로 자신을 바라보는 새, 주위에는 나비가 날아다니며, 발에는 싱그러운 잔디와 벌레들마저 구현되고 있었다.

그리고 그 이미지는 잠시 사라지는가 싶더니, 이내 다른 환경을 보여 주기 시작했다.

초원, 사막, 정글, 북극과 바다까지.

정말 자연의 모든 부분을 보여 주는 모습에 도진은 감탄할 수밖에 없었다.

'디지털 아트까지 이용할 줄이야. 게다가 어설프지도 않고······.'

처음에는 단순히 규모가 조금 있는 전시회 정도로 생각했다.

그리 유명한 아티스트의 이름도 아니었으니, 적당히 시간을 보내기에 충분하다 생각했으니까.

하지만 그 규모는 도진의 생각 이상이었다.

한 걸음을 옮길 때마다 정말 색다른 모습과 방향의 장면들을 보여 주니, 보는 사람으로 하여금 감탄이 흘러나오기에 충분했던 것이다.

그렇게 전시회를 둘러보며 생각에 잠겨 있을 때였다.

"얘야. 저쪽으로 가 주련?"

"네, 할머니."

익숙한 목소리가 귀에 들렸다.

고개를 돌려 목소리가 난 곳을 바라보니, 한나가 지팡이를 짚고 있는 할머니를 부축하며 발걸음을 옮기고 있었다.

반가운 마음에 도진은 그녀에게 다가갈까 하다가 발걸음

을 멈추었다.

가족과 행복한 시간을 보내고 있는 그녀를 방해하는 것이 썩 옳게 생각되진 않았기 때문이었다.

마침 그녀는 자신의 앞에서 발걸음을 옮기고 있었기에, 도진은 천천히 전시회를 관람하며 한나를 뒤쫓았다.

가족과 있는 한나의 모습은 밀 하우스의 모습과는 다소 다른 모습이었다.

정확히 말하면 같은 모습이지만, 분위기가 사뭇 다르다고나 할까.

밀 하우스에서의 한나는 밝지만 어딘가 쿨한 부분도 존재하는 모습의 이미지였는데.

지금의 모습을 보면 다정한 손녀의 느낌이지 않던가.

평소 그녀의 쿨한 이미지를 생각하면 같은 사람이 맞는 듯한 느낌.

"한나야, 여기 전시회 예쁘구나."

"다행이에요. 저도 우연히 알게 됐는데 평이 좋아서 예약했는데."

"그래그래. 예전에는 영감과 함께 참 이런저런 곳을 여행하곤 했는데."

할아버지에 대한 이야기가 나오자, 한나의 눈이 살짝 처진다.

어딘가 슬픈 느낌.

할머니는 몸을 돌려 한나를 바라보곤 입을 열었다.

"너도 젊은 나이이니 해 보고 싶은 것을 맘껏 하고 살렴. 할머니가 마음에 걸린다느니. 이런 걱정은 안 해도 된다. 우리야 너 없이도 잘 살 수 있으니까."

"그런 말씀 마세요, 할머니."

"나이가 들어 보니 알게 되는 게 많더구나. 젊은 시절에는 젊은 시절만의 경험이 있고, 느낄 수 있는 감각의 폭도 넓단다. 얘야, 더 큰 세상을 보며 살아가야 하지 않겠니."

"……."

한나가 입을 다문다.

어떻게 해야 할지 갈팡질팡하는 듯한 모습.

할머니는 그런 한나의 모습을 잠시 바라보다 입을 열었다.

"선택은 언제나 너의 몫이란다. 하지만, 내가 발목을 잡는 일은 없었으면 좋겠다. 너에겐 너만의 인생이 있는 법이니까."

"알았어요, 할머니."

한나가 고개를 끄덕이며 동의한다.

그런 한나의 모습을 보고 있던 도진은 고개를 갸웃거렸다.

할머니의 말에 동의하는 한나의 모습에는 몇 가지 감정이 스쳤는데, 그 모습이 마치 갈등하는 사람의 모습 같았으니까.

더 넓은 세상을 보라는 말에 갈팡질팡하는 모습을 보면 그녀 역시 싫은 느낌은 아니었고.

할머니가 발목을 붙잡는다는 언급을 한 것을 보면 할머니
와 자신이 하고 싶은 것 사이에서 갈등하는 것 같은데.

'나중에 물어봐야지.'

그렇게 생각한 도진이 발걸음을 옮긴다.

도진이 밀 하우스에 온 지 벌써 6개월에 가까운 시간이 흐
르고 있었다.

생각보다 오래 있는 상황이기에 떠나는 것도 생각하고 있
는 시기.

그런 상황에 한나의 모습을 보니 마음이 조금 동했다.

한나 역시 자신과 함께한 동료였으므로.

그녀의 갈등하는 표정을 보고 그냥 지나칠 수 없었으니까.

⊰✸⊱

밀 하우스에 돌아오자, 시간은 8시를 넘어가고 있었다.

도진은 오늘 하루, 전시회를 다녀오고 지역에서 조금 떨어
진 다이닝에도 방문했다.

음식을 먹고 분석하는 것은 전생에도 그에겐 숨 쉬듯 자연
스러운 일이었다.

그렇기에 다이닝에 방문해 음식을 먹었는데, 그가 먹은 다
이닝은 프렌치에 속한 곳이었다.

부드러운 샤또브리앙 스테이크를 비롯한 여러 가지 메뉴들이 나오는 음식점.

특별히 기억에 남는 음식이라면 바질 페스토를 이용한 엔젤 헤어 파스타 정도.

파스타의 안쪽에는 바질 크림이 들어가 있었고, 위에는 캐비어가 올라가 있었는데, 크림의 부드러운 맛과 함께 캐비어의 톡톡 터지는 식감이 인상적인 메뉴였다.

'전체적인 밸런스가 좋았지.'

다이닝은 단순히 비싼 요리를 파는 곳은 아니다.

물론 비싼 식재료를 사용하긴 하지만, 그보다 신선하고 질좋은 식재료로 최고의 음식을 고객에게 제공하는 것을 목표로 두고 있는 게 다이닝이다.

그리고 그런 관점에서 도진이 다녀온 다이닝은 나쁘진 않은 곳이었다.

다양한 텍스처는 물론이고, 맛이 어딘가 크게 모나지 않고잘 균형이 잡힌, 그런 곳이랄까.

다만, 조금 아쉬운 부분이 있다면, 셰프의 창의성이 조금부족하다는 점이었다.

음식과 예술에는 밀접한 관련이 있다 생각한다.

예술이 직접 느끼고 경험하며 그린 이미지를 표출하듯, 셰프 역시도 다양한 식재료를 맛보고 그 안에서 고객에게 제공할 수 있는 새로운 방식을 택하니까.

다만, 도진이 다녀온 곳은 엔젤 헤어 파스타를 제하면 크게 특별한 음식이라 느끼는 곳은 없었다는 게 다소 아쉬운 부분이었다.

그렇게 음식까지 맛있게 먹고 돌아오자, 재희가 반가운 얼굴로 도진을 맞이했다.

"왔어?"

"응, 재희 형. 오늘 일은 잘 끝났어?"

"어어. 너는?"

"나도 뭐. 전시회 좀 다녀오고 다이닝 좀 다녀왔어."

"좋았겠네. 어떤 다이닝?"

"프렌치 다이닝이었는데. 르 상폴리에라는 식당이었어."

"아, 그 식당."

도진은 재희와 한참이나 음식에 대한 토론을 이어 나갔다.

이곳에서 제법 오랜 시간을 버텨 온 재희인 만큼, 주변의 식당까지 전부 기억하고 있었다.

어떤 방식으로 요리를 한 것 같으며 식당의 내부 사정까지도.

식당의 내부 사정을 일반인이 알기 쉽지 않은데 알고 있다는 것은 역시 그의 뛰어난 친화력이 빛나는 부분이었다.

"아, 맞다. 나 전시회에서 한나 봤어."

"한나?"

"응. 할머니랑 전시회를 보러 온 모양이었는데, 내가 뭘

천재셰프
회귀하다

좀 들어서 말이야."

재희가 고개를 갸웃거린다.

도진이 무슨 말을 할지 전혀 예상이 가질 않는다는 듯한 표정이었다.

"할머니가 한나한테 더 많은 것을 경험하라느니 이런 말을 하시더라고."

"그거야 부모나 가족이라면 한 번씩 할 수 있는 말 아니야?"

"맞긴 한데. 그것을 들은 한나의 표정이 조금 이상해서. 굳이 말하면 갈등하는 듯한 모습이었달까."

"으음……."

"그래서 말인데, 혹시 한나에 대해 말해 줄 수 있어?"

한나가 아무 이유 없이 갈등하진 않았을 거다.

말했듯 솔직한 사람이니까.

밀 하우스에서 지내면서도 한나가 그렇게 갈등하는 모습은 처음 본 상황.

재희는 잠시 음, 하고 고민하는가 싶더니 입을 열었다.

"말해 주는 것은 상관없는데, 뭐 하게?"

"그야…… 가능하면 도와주려 하겠지?"

"으음. 좋아. 대신 내가 말했다는 것은 말하지 말고."

재희가 조심스럽게 입을 열었다.

그가 이렇게 반응하는 것을 보면 분명 어떤 일이 있긴 한가 보다.

도진은 사뭇 진지한 표정으로 그의 이야기에 귀를 기울였다.

"한나는 말이야……."

재희가 입을 열었다.

도진은 그의 이야기를 들으며 생각했다.

자신이 한나를 위해 해 줄 수 있는 것이 뭐가 있을까 하는 생각을 하면서.

※

재희가 도진에게 한나에 대한 이야기를 꺼내기 시작했다.

"한나랑 나랑 만난 것은 예전 어느 다이닝에서야. 그때는 아버지랑 다 같이 식사를 하러 갔던 것이었는데. 그때 한쪽 구석에 앉아 있던 아이였지."

아이라는 말을 사용한 것을 보면 제법 어릴 때의 기억임이 분명했다.

그렇다면 둘이 인연을 쌓은 기간이 절대 적지 않다는 것을 의미했고.

도진은 고개를 끄덕이며 마저 재희의 말을 듣기 시작했다.

"처음에는 그렇게 스쳐 지나갈 인연이라 생각했는데, 그 아이는 나랑 같은 동네에서 할머니와 함께 살아가고 있더라고. 처음엔 같이 노는 사람도 거의 없어서 같이 놀곤 했었는데. 나중에 밀 하우스를 영업할 때 도와 달라고 해서 이렇게 지내고 있는 거야."

"그 외에는요? 가족에 대한 거라든가."

"가족이라……."

재희가 숨을 내뱉었다.

벌써부터 불길하다는 생각이 감돌기 시작한다.

재희가 한숨을 쉬는 일은 그만큼 많지 않은 일이었으니까.

"한나랑 할머니를 봤으면 알겠지만, 한나는 부모님이 없어."

"부모님이 없다고?"

"어릴 때 교통사고로 돌아가셨거든. 그래서 할머니 할아버지랑 함께 사는데, 할아버지도 몇 년 전에 돌아간 모양이더라고."

충격적인 이야기다.

한나가 밀 하우스에서 쿨한 모습을 보였던 것이 머릿속을 스쳐 지나간다.

이런 과거를 가지고 있으면서 식당에서는 쿨한 모습을 보여 주고 있던 건가.

도진은 내심 그런 그녀가 대단하다는 생각이 들었다.

"그래서 할머니랑 같이 사는데, 예전에 이야기를 듣기로는 할머니랑 할아버지가 요식업을 하셨던 모양이더라고."

"요식업을 한 거면 식당을 운영하신 건가?"

"아니. 그건 아니고, 소믈리에랑 홀 매니저로 일을 한 모양이야."

소믈리에랑 홀 매니저가 만나 가정을 이룬 건가.

조금은 특별한 그녀의 가족 스토리에 도진이 귀를 기울였다.

"그렇게 지내다가 은퇴하고, 지금은 여생을 보내시고 있는 중인데, 한나는 그런 할머니가 걱정이 되는 모양이야."

도진이 고개를 끄덕였다.

부모님을 잃고 할머니와 할아버지를 부모님처럼 여기고 살아온 한나다.

그런 한나가 살아온 상황이, 어디 편하겠는가.

아닐 거다. 어쩌면 놀림을 받았을 수도 있고.

한나의 할머니와 할아버지는 그녀를 더욱 아꼈을 게 분명하다.

하지만 그런 할머니와 할아버지가 은퇴했고.

심지어는 할아버지마저 돌아가신 상황.

그런 그녀가 내릴 수 있는 선택지가 많겠는가.

거의 없다.

그저, 지금 살아가는 인생에 최선을 다하며 할머니를 부양하는 것만이 그녀의 삶의 목표겠지.

하지만 이해가 안 되는 부분은 전시회에서 그녀가 보인 갈등하는 표정이었다.

"한나는 꿈이 뭐야?"

"꿈이라……."

재희가 잠시 생각에 잠기는가 싶더니, 이내 말을 이었다.

"글쎄. 들어 본 적이 없어서 모르겠네."

"그렇구나……."

도진이 전시회에서 본 한나의 표정을 떠올렸다.

그녀는 분명, 갈등하는 표정을 짓고 있었다.

자신이 모셔야 한다 생각한 할머니로부터 세상을 경험하
라는 말에.

그렇다면 그녀의 꿈은 밀 하우스가 아닌 것은 아닐까.

조금 더 넓은 곳을 바라보고 있는 것은 아닐까.

모르겠다. 지금까지 그녀가 자신의 과거나 속마음을 이야
기한 적이 없어서.

지금까지 그녀와 대화를 했을 때는 별다른 이야기가 없었
다.

그저, 친구들과 놀았던 이야기.

음식을 먹었던 이야기와 같은, 평범한 여자애들이 할 법한
이야기나 나누었으니까.

'한나에 대해 아는 게 이렇게 없을 줄이야.'

도진이 쓴 표정을 지었다.

그녀와 제법 오래 지냈고, 동료라 생각했는데, 그녀에 대

해 알고 있는 정보는 극히 제한적이었다.

그녀의 나이와 이름, 어떤 친구들이 있는지, 어떤 취향이 있는지 정도였으니까.

그런데 재희의 이야기를 듣다 보면 그녀에 대해 알고 있는 게 많이 없다는 생각이 절로 들곤 했다.

"말했지만, 한나한테 내가 말을 했다는 이야기는 하지 말고."

"알았어, 형."

"그래그래."

재희가 고개를 끄덕이며 답변한다.

누군가의 과거를 남에게 말했다는 이야기를 들키는 게 썩 싫은 분위기다.

도진이 입을 열었다.

"아, 맞다, 형."

"응?"

"나, 아마 조만간 밀 하우스를 나갈 것 같아."

"갑자기?"

재희의 눈이 동그랗게 변한다.

그 역시 도진이 오랫동안 여기에 있으리라 생각한 것은 아니었으나.

다소 갑작스러운 상황이었기 때문이었다.

미슐랭이 지나간 지 얼마 안 된 상황이기도 했고.

한창 바빠지려는 상황에 말을 한 것이었으니까.

"응. 원래 한 3개월 정도만 여기 있을 생각이었는데, 너무 오래 머문 것 같아서."

"흐음……. 그렇구나."

재희는 다소 덤덤한 반응이었다.

아쉬워하긴 하지만, 붙잡을 생각은 딱히 없는 모습.

"별로 안 아쉬워하네?"

"아쉽긴 해. 확실히 도진이 네가 있어서 홀도 그렇고 주방 도 편한 부분이 있었으니까. 게다가 손님들이랑 있었던 일을 생각하면 정말 손님을 생각하는 마음도 있고."

아마도 로버트나 벨라에 대한 이야기인 것 같다.

말은 하지 않았으나, 그 외에도 여러 손님의 이야기를 들 어 주며 밀 하우스에 오는 단골들과 제법 친해진 상태.

그런 이를 잃는다는 게 조금은 아쉽겠지.

"하지만 너도 생각하고 말한 것일 거잖아."

예상외의 답변이다.

재희는 도진을 바라보며 입을 열었다.

"3개월 머물 것을 6개월까지 일한 것을 보면 너도 밀 하우 스에 제법 애정을 가졌던 것일 테고."

도진이 고개를 끄덕였다.

솔직히, 밀 하우스는 힘들다는 것을 제외하면 너무 좋은 곳이었다.

자신을 맞이하는 단골손님들을 시작으로, 언제나 유쾌하고 따뜻하게 자신을 대해 주는 재희, 조금은 쿨해도 다정한 한나까지.

좋은 사람들이 많았고. 그랬기에 힘든 것을 제하고도 이곳에 남은 이유이기도 했다.

하지만 언제까지고 이곳에 남아 있을 수는 없는 노릇이었다.

도진의 꿈과 계획은 이곳 밀 하우스가 아니었다.

더 넓은 세상을 목표로 한 것이었기에.

도진은 이곳을 그만 떠나야겠노라 말했던 것이었다.

"맞지?"

재희가 도진을 향해 빙긋 웃어 보인다.

그런 재희의 모습에, 도진이 어쩔 수 없다는 양, 입을 열었다.

"……형, 혹시 독심술 같은 초능력 가진 것은 아니지?"

"에이, 그랬으면 네 첫사랑 이야기부터 꺼내서 소문내고 다녔지."

재희의 말에 도진이 씩 하고 웃었다.

참 여러모로 생각이 많은 사람이다.

사람을 배려하려는 마음과 자신의 아쉬움을 저 너머로 돌릴 줄 아는 사람.

도진은 그런 재희의 배려가 감사하면서도 한편으로는 미

안하기도 했다.

만약 자신이 파인다이닝의 개업이 아니었다면, 적당한 곳에서 만족하며 음식을 만드는 것에 만족했다면 아마 지금과는 다른 결과가 만들어졌을 거다.

이곳 밀 하우스에서 음식을 만들며 손님들과 함께 수다를 떨고 있었겠지.

하지만, 도진의 꿈은 확고했다.

파인다이닝의 개업.

단순히 음식을 만드는 파인다이닝이 아니다.

한국에서 다이닝을 다른 사람에게 넘기는 경험을 통해 어떤 식으로 운영하는 게 더 나은 방향인지 끊임없이 생각했고.

어떤 곳에 자신의 식당을 차려야 마땅한지도 생각했다.

그리고 자신이 어디에 파인다이닝을 차려야 마땅할지도 생각했다.

바로 한 군데.

프랑스.

미식의 나라이자, 수많은 나라의 다이닝의 근간이 되는 곳.

그곳에 자신의 이름을 내걸고 음식을 만들 거다.

시대와 국경을 초월해 이름을 알리는 다이닝을 만드는 것.

그것이 자신의 목표였다.

"언제 어디에 있든, 난 널 응원한다."

"고마워, 형."

그렇게 말하며 재희가 악수를 청했고.

도진은 그 악수를 받아들였다.

밀 하우스에서의 추억.

이 추억은 어디에 가든 생각이 날 것 같다.

좋은 사람들과 단골들, 미슐랭의 추억까지.

이 모든 것이 담긴 이곳을.

절대 잊지 못할 거다.

다음 날, 밀 하우스의 영업이 끝나고.

도진은 한나에게 다가갔다.

"한나."

"응?"

한나는 챙기고 있던 짐을 내리고는 도진을 바라보았다.

예전에는 그저 집에 급한 일이 있어서 그렇다고 생각했는데.

이제는 아닌 것 같다.

어제 재희에게 이야기를 들은 것과, 전시회에서의 일을 떠올린다면, 그녀가 혼자 계신 할머니를 위해 항상 일찍 퇴근

천재셰프
회귀하다

하고 있었다는 것을 모를 리 없었으니까.

도진이 입을 열었다.

"오늘도 일찍 가?"

"어. 뭐, 특별한 일이 없으니까?"

"그렇구나."

도진의 대답에 한나가 고개를 갸웃거리며 도진을 바라본다.

무언가 이상한 것을 눈치챈 것처럼.

"너, 오늘따라 이상하네. 무슨 일 있어?"

"티 많이 나?"

"엄청. 무슨 일인데 그렇게 우물쭈물하고 있어?"

"사실 나, 이제 곧 여길 떠날 예정이야."

"떠난다고?"

한나가 살짝 놀란 눈으로 도진을 바라본다.

그가 떠난다는 것을 지금까지 생각해 본 적이 없었으니.

당연하다면 당연한 반응이리라.

도진은 고개를 끄덕이면서 입을 열었다.

"응."

"갑자기 왜? 여기 마음에 안 들어? 재희한테 한마디 해 줄까?"

한나가 걱정하는 눈으로 물었다.

그 모습에 도진은 피식 하고 웃음이 새어 나올 뻔했다.

사실은 그녀가 생각하는 것만큼 심각한 것이 아니었다면 그녀는 어떤 반응을 보일까.

"그런 거 아니야. 재희 형이랑 나랑 친한데, 뭐."

"그럼 무슨 이유인데?"

"원래 여기에 3개월만 있을 예정이었는데, 예상보다 더 늦게 떠나는 것뿐이야."

"3개월?"

한나가 여전히 이해가 잘 안 된다는 듯, 고개를 갸웃거린다.

어째서 3개월만 있을 예정이었는지, 무슨 이유가 있는 건지.

전혀 감을 잡지 못했다는 듯한 반응이다.

도진이 입을 열었다.

"응. 원래 다른 곳들 돌아다니면서 요리를 배우고 미식을 공부하고 있던 중이었으니까."

"그래? 어디 어디 갔는데?"

한나가 자신의 가방을 내려놓는다.

그러고는 궁금한 게 많은 듯, 눈을 빛내며 질문을 던져 댔다.

도진은 웃으며 지금까지 다녀온 곳들을 나열하기 시작했다.

한나는 그런 도진의 말에 눈을 빛내며 듣다가 입을 열었다.

"그중에서 가장 기억나는 요리 있어?"

"으음…… 몇 가지 있긴 한데. 그래도 역시 가장 기억에 남는 거라면 양고기 요리 중에 하나인데, 허브를 잔뜩 바른 양고기를 허브를 넣어 만든 콘소메 위에 넣고 안에 참나무 훈연 향을 집어넣어 스모키하게 만든 것이랄까."

"그건 왜? 어떤 부분이 인상적이었는데?"

"맛도 맛이지만, 퍼포먼스적인 부분이 더 인상 깊었던 것 같아. 오픈할 때 스모키한 연기들이 흘러내려 오면서 몽환적인 분위기를 만들어 내는데, 녹색 콘소메와 그 위에 멋지게 만들어진 양고기가 마치 정글 속을 표현하는 듯한 느낌이었어."

"와아……."

한나가 작게 감탄을 내뱉는다.

마치 새로운 세계를 맞이한 것 같은 표정.

도진은 그런 한나를 잠시 바라보다 입을 열었다.

"한나, 너는 꿈이 뭐야?"

"응? 나?"

갑자기 들어온 의외의 질문에 한나가 고개를 갸웃거린다.

도진이 고개를 끄덕거린다.

"응. 생각해 보니까 네 꿈이 뭔지 내가 들어 본 적이 없는 것 같아서."

"음…… 글쎄."

한나는 잠시 머뭇거리는가 싶더니, 입을 열었다.

"지금은 딱히 없는 것 같은데. 그냥 할머니랑 잘 지내는 것 정도?"

"그래……."

거짓말이다.

도진의 이야기를 듣는 내내 한나는 흥미를 가지고 있었다.

마치 도진이 경험했던 것을 자신도 경험해 보고 싶다는 듯이.

전시회에서 할머니가 말했던 것은 아마 손녀의 이런 욕망을 알기에 꺼냈던 게 분명하다.

그러나 그것을 숨기는 것을 보면 드러내고 싶어 하지 않는 것 같았다.

"근데 그건 왜 물어?"

"아니, 그냥. 궁금해서. 근데 궁금하지 않아? 밀 하우스 밖에는 어떤 음식들이 있는지?"

"응?"

도진은 그녀를 조금씩 파헤치고 있었다.

그녀가 정말 원하는 게 무엇인지 알아야 그녀에게 뭐라도 도움을 줄 수 있을 것 같았으니까.

그리고 이런 도진의 모습에 한나는 조금 당황스러우면서도 계속 듣고 있었다.

관심이 없는 것은 아닐 터.

도진이 계속해서 말을 이어 나갔다.

"서버로 일하고 있긴 하지만, 매일 같은 음식을 보면 다른 것들도 궁금해하지 않나 싶은데."

"솔직히 그렇긴 한데……."

거의 다 넘어왔다.

그렇게 생각할 때였다.

"아직 퇴근 안 했어?"

재희가 눈치 없이 들어왔다.

도진은 그런 그를 향해 빙긋 웃었고.

한나는 가방을 집어 들었다.

아무래도 이야기는 나중으로 미루는 게 좋을 듯 싶었다.

'그래도 뭐, 괜찮은 건가.'

그녀에게 호기심은 불어넣었으니, 나중에 말을 잇기엔 충분하겠지.

그렇게 생각하며 도진이 자리를 떴다.

재희는 그런 도진과 한나를 보며 고개를 갸웃거릴 뿐이었다.

'쟤들, 뭘 하고 있던 거지?'

집에 돌아온 한나는 씻고 침대에 누웠다.

그리고 잠시 숨을 돌리면서 오늘 있었던 일을 떠올렸다.

제법 시간이 지났음에도 도진이 했던 말이 머릿속을 맴돌고 있었다.

—궁금하지 않아? 밀 하우스 밖에는 어떤 음식들이 있는지?

도진의 말에 한나는 끝말을 얼버무렸다.

지금까지 내뱉지 않고 속으로만 삼켰던 마음을 들킨 기분이었다.

밀 하우스에서 한나가 일한 기간은 제법 오래되었다.

거의 설립하고 얼마 안 되는 시점부터 도와주기 시작했으니까.

한 5년 정도 근무한 상황.

그리고 그때 이후로 지루한 일상이 반복된 것이기도 했다.

물론 그 과정이 싫은 것은 아니었다.

친구인 재희와 살갑게 구는 단골들.

나날이 발전해 나가는 식당의 모습을 보며 그녀는 즐거워했지만, 마음 한구석에선 도진에 대한 부러움이 자리하기도 했다.

'밖에는 정말 그런 음식들이 있는 걸까.'

그가 밀 하우스에서 일을 하며 본 음식들은 무척 제한적이

천재셰프
회귀하다

었다.

볶음밥을 시작으로, 여러 간단한 요리들이 주를 이뤘고, 그나마 스튜 정도가 그녀가 본 제대로 된 고급 요리라 볼 수 있을 거다.

하지만 그게 끝이었다.

그런데 도진이 말하는 것을 듣다 보면, 정말 다양한 음식들이 세상에 있다는 게 느껴졌다.

당장 가장 인상이 깊었던 양갈비 요리부터, 그가 자신의 이야기를 하며 들었던 다양한 조리법과 맛, 향과 풍미를 가진 음식들.

그런 음식들을 처음 들었을 때는 정말 저런 요리가 어디 있겠냐고 생각했다.

재희가 만들어 준 음식도 맛있는 음식들이었다.

그런데 도진이 말하는 것을 들으면, 마치 다른 세상의 이야기를 듣는 것 같다는 생각마저 들었다.

"후우……."

한나가 작게 숨을 내뱉었다.

아직도 도진이 했던 말들을 생각하면 가슴이 두근거렸다.

살짝 떨리는 느낌.

왜 그런 것인지는 자신도 잘 모르겠다.

어쩌면 파인다이닝에서 일을 하셨던 할머니와 할아버지의 피가 들끓어 올랐을지도 모른다.

한나는 도진이 했던 말이 전부 사실이라고 믿는 것은 아니었으나.

만약 그의 말이 사실이라면.

자신도 도진처럼 자유로이 세상을 떠돌며 다양한 음식을 맛보는 것도 나쁘지 않을지도…….

'내가 무슨 생각을 하는 거야?'

한나가 이내 고개를 내저었다.

도진의 이야기가 흥미로워 잠시 정신을 홀리기라도 했던 걸까.

할머니를 두고 다른 곳으로 떠날 생각을 하다니.

미쳐도 단단히 미친 게 틀림없다.

부모님이 돌아가시고 자신을 유일하게 돌봐 주신 분 아닌가.

그렇다면 그 은혜에 보답할 생각을 해야 하는데, 자신은 떠날 생각이나 하고 있다니.

똑똑.

그렇게 생각하고 있을 때였다.

누군가 한나의 방문을 두드렸다.

이 시간에 자신의 방문을 두드릴 사람은 하니밖에 없었기에, 한나는 자리에서 일어나 방문으로 다가갔다.

그리고 문고리를 돌려 문을 열었다.

그녀의 방문 밖에 있는 것은 그녀의 할머니였다.

"이 밤에 무슨 일이세요?"

"손녀랑 와인이나 한잔할까 해서 왔지."

그렇게 말한 할머니는 자신의 손에 들린 와인을 집어 들었다.

마르세유 드 로마네 콩티.

절대 저렴한 와인이 아니다.

소믈리에로 일했던 그녀조차도 몇 병 가지지 않은 상태로, 한 병에 최소 1,000달러는 훌쩍 넘길 가치를 가진 와인이었다.

그 가치를 알아본 한나가 당황하며 물었다.

"오늘 무슨 날이에요? 이 와인, 평소엔 애지중지하셨으면서."

"와인도 마셔야 할 적정기가 있는 법이란다. 그리고 오늘이 딱 그런 날이고. 하지만 혼자 마시기에는 너무 적적해서 올라왔단다."

할머니가 희미하게 웃었다.

로마네 콩티는 가장 비싼 와인으로 알려져 있지만, 할머니가 가지고 온 와인은 그 로마네 콩티에서 파생된 와인이었다.

그럼에도 기존의 로마네 콩티의 맛보기 버전처럼 오리지널의 느낌을 가지고 있기에 비싼 가격에 거래되고 있었는데.

그것을 들고 온 것을 보면 그녀가 한나에게 할 말이 있어

왔다는 것을 쉽게 유추할 수 있었다.

"들어오세요. 안주 준비할까요?"

"좋지. 브리 치즈가 한 덩이 남아 있는 것 같은데, 그거랑 먹자꾸나."

"네, 할머니."

고개를 끄덕인 한나가 발걸음을 옮겨 주방에서 브리 치즈와 초리조, 비스켓과 와인 잔을 들고 발걸음을 옮긴다.

전부 레드 와인과 어울리는 안주들이었다.

그사이, 와인을 개봉한 할머니는 와인의 향을 느끼며 황홀한 표정을 짓고 있었다.

"한나야, 이거 향 한번 맡아 볼래?"

"네."

안주 세팅을 끝낸 한나가 와인 병 근처로 얼굴을 들이밀었다.

옅은 단내와 함께 탄닌의 씁쓸함, 짙은 포도의 향이 훅 하고 뿜어져 나온다.

일반적인 와인의 향에는 익숙해진 한나였으나, 와인의 향을 맡은 순간 알 수 있었다.

이 와인은 확실하게 다르다는 것을.

"완전히 다르지?"

"정말로요. 비율이 완벽하면서 건포도 향이 진하게 나는데요?"

"그게 이 와인을 먹을 적기가 되었다는 신호지."

할머니는 뿌듯한 표정으로 와인을 잔에 조금 따라, 한나에게 건네주었다.

그러고는 자신의 잔을 들어 건배 자세를 취했고.

한나는 그 잔을 가볍게 부딪치는 것으로 대답을 대신했다.

쨍—.

맑은 유리와 유리가 부딪히는 소리가 울려 퍼진다.

잔을 들은 한나는 와인 잔을 한번 빙글 돌렸다.

와인과 공기를 접촉시키는 것이었다.

그냥 먹어도 맛있을 것이라는 확신이 있었으나, 비싼 것일수록 맛있게 먹어야 하지 않겠는가.

이렇게 돌리면서 공기와 접촉을 시키게 되면 와인 안에서 깨어나지 않은 맛과 향이 깨어나게 된다.

흔히 에어링이라 불리는 동작이었다.

호록.

그렇게 에어링을 끝낸 한나가 잔을 들어 와인을 조금 홀짝였다.

입안 가득 퍼져 나가는 포도의 향, 옅은 단내와 씁쓸한 탄닌은 완벽한 밸런스로 하모니를 이뤄 내고 있었으며.

세월이 흐르며 완벽한 상태로 숙성된 와인에서는 고소한 향내마저 흐르고 있었다.

"어떠냐?"

할머니가 기대에 찬 눈으로 한나를 바라본다.

그녀는 가끔씩 자신의 손녀인 한나와 이렇게 와인을 기울이곤 했지만, 이렇게 비싼 와인을 같이 마시는 것은 이번이 처음이었다.

같이 마시고 싶다는 생각이 잔뜩 들긴 했으나, 완벽한 상태로 숙성된 것이 없었던 탓이었다.

한나가 입을 열었다.

"맛있어요. 왜 사람들이 로마네 콩티라는 이름에 환장하면서 수천 달러를 그렇게 사용하는지 알 것 같아요."

완벽하다라는 단어는 이런 곳에 붙어야 마땅하지 않을까 하는 생각이 들 정도로, 할머니의 와인은 완벽한 맛을 자랑하고 있었다.

어느 하나 부족한 맛이 없었으며, 시간이 흘러 본래 와인이 가지고 있는 모든 맛을 전부 느껴지고 있었으니까 말이다.

할머니는 웃으며 입을 열었다.

"그나저나 오늘따라 기분이 유난히 좋아 보이는구나."

"네?"

한나가 고개를 들어 할머니를 바라본다.

할머니는 기분이 좋은 듯, 와인을 빙글빙글 돌리며 자신을 바라보고 있었다.

"그래. 어쩐지 조금 설레는 표정인 것 같기도 하고. 혹시 뭐, 좋아하는 사람이라도 생겼니?"

"아, 아니에요. 그런 거."

"그래?"

할머니가 장난스럽게 웃음을 짓는다.

손녀의 당황스러운 모습이 그녀에겐 퍽 재밌는 하나의 요소인 듯했다.

"좋아하는 사람이 생긴 게 아니라면 무슨 일이 있을까?"

"그냥, 오늘 조금 일이 있어서요."

"일?"

"네, 그게······."

한나가 오늘 밀 하우스에서 있었던 일들에 대해 이야기하기 시작했다.

도진이 했던 이야기까지.

할머니는 말없이 그런 한나의 이야기를 듣다가 입을 열었다.

"한나야, 슬슬 전에 말했던 것처럼 떠날 때가 되었구나."

"네? 갑자기요?"

"전부터 계속 말하지 않았니? 큰 사람이 되는 것은 단순히 골방에 앉아 책을 읽는 이가 아닌, 더 넓은 세상을 직접 보고 느끼며 체험하는 인물이라고."

"하지만······."

"무엇보다, 방금 네 표정이 어땠는지 아니?"

그렇게 말하며 온화한 표정을 짓는 할머니.

한나는 고개를 갸웃거리며 되물었다.

"제 표정이요? 어떤 표정을 지었길래……."

"방금 굉장히 즐거운 표정을 짓고 있었단다. 내가 딱 영감을 처음 만나 신혼여행을 다녀왔을 때 그런 표정을 지었었는데. 이젠 네가 그런 표정을 짓는구나."

"네?"

할머니가 와인을 한 모금 더 들이켜면서 입을 열었다.

"한나야, 할머니는 혼자 지내도 된다. 괜히 내가 너의 족쇄가 되는 일은 만들고 싶지 않아."

"……."

"내 역할은 너를 위한 초석을 만들어 주는 것이야. 그리고 이젠, 너도 슬슬 떠날 때가 된 것 같구나."

"그게……."

한나는 무슨 말을 해야 할지 몰라 갈팡질팡하고 있었다.

할머니를 떠난다는 게, 한 번도 생각해 보지 못한 일이라서 어떻게 대답해야 할지 모르겠다.

그간 이런 이야기가 오간 것은 처음이 아니었으나.

그동안은 그저 한 귀로 듣고 흘렸다.

할머니를 혼자 둔다는 것은 무척이나 마음에 걸리는 일이었으니까.

하지만 할머니는 웃으면서 이야기를 진행하고 있었다.

그녀는 자신이 마신 와인 잔을 들고 자리에서 일어나며 입

천재세요
회귀하다

을 열었다.

"덕분에 맛있게 와인을 즐겼구나. 오늘 했던 이야기는 한 번 생각해 보렴. 널 위한 이야기니까 말이야."

"……네. 할머니."

"그럼, 잘 자렴."

그렇게 말한 할머니가 발걸음을 옮겨 한나의 방을 떠났다.

혼자 남겨진 한나는 무척이나 복잡한 표정을 짓고 있었다.

방에 돌아온 도진과 재희는 서로 대화를 나누고 있었다.

도진은 그에게 오늘 한나와 대화했던 일에 대해 말해 주기 시작했다.

다른 곳에 대한 이야기에 흥미를 가지고 눈을 빛냈다는 말에 재희는 다소 놀란 눈이었다.

그녀의 흥미에 대해 나름 알고 있다 생각했지만, 그것마저 자신에 대한 배려가 담겨 있다는 것에 놀란 것이었다.

"아무래도 제 생각에, 한나는 더 넓은 곳을 보고 싶어 하는 것 같아."

"내 생각도 그래."

도진의 말에 재희가 쓰게 웃었다.

솔직히, 조금 당황스러운 일이긴 했다.

밀 하우스는 분명 행복하게 잘 굴러가고 있었고 그 중심에는 한나가 있었다.

아무리 주방에서 열심히 음식을 만들어도 손님들에게 항상 살갑게 다가가는 그녀가 없었더라면 지금의 밀 하우스 또한 존재하지 않았을 테니까.

지금까지는 한나가 밀 하우스에 만족하며 살아가는 것 같았기에 딱히 그녀가 떠난다는 생각을 해 본 적이 없었다.

그렇기에 지금 한나에 대한 이야기는 다소 충격적이었다.

"어쩌지?"

"글쎄…… 아직 한나가 뭔가 결정을 내린 것은 아니니까. 그래도 만약 한나가 정말로 다른 곳에 나가 세상을 구경하고 싶다면."

재희가 작게 숨을 내뱉었다.

지금 상황은 매번 여유로운 표정을 짓던 재희에게도 각오가 필요한 상황이었다.

자신을 포함한 3명의 직원 중 둘이 빠지게 되는 것이었으니까.

어쩌면 본래의 밀 하우스의 모습이 조금은 달라지게 될지도 모르는 일.

재희는 작게 고개를 끄덕이면서 입을 열었다.

"보내 줘야지. 지금까지 신세를 지고 있던 건 난데, 그녀를 붙잡을 명분은 없으니까."

한나의 빈자리에 어떤 사람이 오더라도 지금의 모습을 다시 찾긴 힘들 거다.

하지만 재희는 괜찮다고 말하고 있었다.

밀 하우스보다 더, 한나에 대한 존중이 있기에 가능한 발언이겠지.

도진은 그렇게 생각하며 마저 입을 열었다.

"알겠어. 그럼 나중에 한나와 대화해 보고 뭔가 정해진 것이 있으면 말해 줄게."

"그래. 알았다."

재희가 고개를 끄덕인다.

그런 재희는 생각이 많은 표정이었다.

변화의 바람은 도박성을 가지고 있다.

어디로 어떻게 튈지 모르는 일.

만약 한나가 정말로 떠난다고 말하고, 밀 하우스에 새로운 직원이 들어오게 된다면.

이곳은 어떻게 바뀔까.

도진은 그렇게 생각하며 자신의 방으로 향했다.

밀 하우스와의 작별이 조금씩 다가오고 있었다.

다음 날, 밀 하우스의 영업은 평화롭게 진행이 되었다.

즐거운 홀과 다르게, 한나와 재희 사이에는 평소랑은 사뭇 다른 어색한 기류가 흐르고 있었다.

둘은 정말 고민이 많은 표정이었다.

재희는 식당을 위한 고민을, 한나는 자신이 정말 원하는 것이 무엇인지에 대한 고민을 이어 나가는 중.

둘 다 가벼운 고민이 아니다.

스스로 시간을 들여 고민해야 좋은 결과를 얻을 수 있겠지.

그렇게 생각하며 영업이 끝난 밀 하우스의 주방을 정리하고 나오는데, 도진이 무언가를 발견하곤 발걸음을 멈추었다.

도진의 시선 끝에는 한나가 자리하고 있었다.

"이제 끝났어?"

"응. 무슨 일이야?"

"다른 건 아니고."

한나가 머뭇거린다.

마치 뭔가를 주저하는 사람처럼.

벌써 고민이 끝난 건가?

그렇게 생각하고 있는데, 한나가 입을 열었다.

"잠깐 맥주나 한잔할까?"

그렇게 말하며 어색하게 웃는 한나.

평소랑은 너무도 다른 한나의 모습에 도진이 어쩔 수 없다는 듯, 작게 숨을 내뱉으며 입을 열었다.

"그래. 가자."

도진의 대답이 끝나자, 한나가 발걸음을 옮긴다.

그녀가 향한 곳은 전에 재희와 함께 방문했던 펍이었다.

어두운 밤에 네온사인이 반짝이며 길을 안내하는 펍.

그 길을 따라 안으로 들어서자, 전에 만났던 사장이 반갑게 인사를 건넨다.

"여어. 오랜만이네?"

"네, 사장님. 잘 지내셨죠?"

"뭐 특별한 일이 있기야 한가. 그냥 돈이나 받고 맥주나 따르는 일의 연속이지. 하하. 그나저나 웬일로 한나까지 왔대?"

사장은 고개를 돌려 한나를 바라본다.

매번 일찍 들어가면서도 펍에 들른 적은 거의 없는 모양이다.

한나는 어색하게 웃는 것으로 인사를 대신하고는, 자리를 잡았다.

"라거 두 잔이요."

"그래그래. 시원하게 줄게."

사장은 그렇게 말하고는 잔을 들고 맥주 디스펜서를 향해 발걸음을 옮긴다.

우락부락한 근육이 자리한 팔로 능숙하게 맥주를 따라 낸 사장은 테이블에 맥주와 기본적인 땅콩, 아몬드 따위의 견과류가 든 접시를 내려놓고는 발걸음을 옮겼다.

참 장난스러운 면과 시크한 성격이 대칭을 이루는 사장님
이다.

　도진은 술을 한 모금 마시고는 입을 열었다.

　"그나저나 무슨 일이길래 여기까지 부른 거야?"

　"아니, 그냥……."

　한나가 머뭇거리다 입을 열었다.

　"어제 여행 다니면서 음식 먹은 거 알려 줬었잖아."

　"그랬지?"

　"그거 이야기 좀 더 해 줄 수 있어?"

　"풉."

　한나의 말에 도진이 작게 웃음을 터트렸다.

　지금까지의 한나의 이미지가 한순간에 무너지는 느낌이었
다.

　지금까지의 이미지는 뭐랄까.

　신데렐라처럼 퇴근 시간이 되면 사라지는 느낌이었다.

　성격으로 봐도 소심한 성격은 절대 아니었고.

　그런데 저렇게 소녀스러운 모습을 보고 있으니, 웃음이 새
어 나오지 않을 수가 없던 것이었다.

　한나는 민망한지 도진을 나무라기 시작했다.

　"왜 웃고 그래? 사람 민망하게."

　"아니, 지금까지 본 너는 뭐랄까. 당당하지 않은 적은 없
었던 것 같은데. 별것 아닌 걸로 이렇게 소심해지니까 웃겨

서 그렇지."

"웃기긴. 그래서, 해 줄 거야?"

그렇게 말하며 다시금 도진을 바라보는 한나.

원래라면 이런 분위기에선 주제를 돌렸을 그녀가 다시 요청한 것을 보니, 정말 단단히 흥미가 돋은 모양이었다.

"뭐, 별것도 아닌데. 대신 오늘 맥주는 네가 사기다?"

"그 정도야. 연극 하나 본 셈 치지. 뭐."

가볍게 어깨를 으쓱인 한나가 도진의 이야기에 귀를 기울이기 시작했다.

마치 그 모습이 어릴 적 동화를 읽어 주는 선생님의 앞에서 눈을 빛내는 아이의 모습 같다는 생각에 다시금 웃음이 터져 나올 뻔했으나.

도진은 애써 웃음을 참아 내고는, 머릿속에 있는 기억들을 하나씩 집어 들었다.

전생을 포함해 그가 돌아다닌 식당의 개수는 많았고, 그만큼 특이한 조리법이나 음식을 먹고 본 횟수도 많았다.

하지만 한나에게 회귀에 대한 이야기를 할 수는 없는 노릇이었기에, 도진은 적당히 자신의 친구한테 들은 이야기라며 둘러대며 설명을 이어 나갔다.

그런 도진의 이야기를 들은 한나의 표정은 무척이나 즐거운 듯했다.

그저 남자 혼자 가서 음식을 먹고 느낀 점에 대해서 이야기를 하는 건데 그게 그렇게 재밌나 하는 생각이 들었으나.

지금까지 그녀가 다른 곳에 가지 않고 한 자리에 있었다는 것을 생각하면 충분히 그럴 수 있다는 생각도 들었다.

"대충 이 정도야."

"와아⋯⋯."

한나가 눈을 반짝이며 도진을 바라본다.

그 눈빛을 보고 있자니, 히어로 영화 속 주인공을 만난 어린아이의 눈이 생각날 정도다.

도진이 입을 열었다.

"어때, 이 정도면. 맥주값은 충분하지?"

"오케이. 인정."

그렇게 말하며 엄지를 치켜올리는 한나.

한나가 엄지를 올리는 경우는 정말 없었다.

정말 완벽하게 만족할 때나 엄지를 올리곤 했으니까.

그만큼 도진의 이야기가 흥미로웠다는 걸까.

"그나저나 도진아."

"응?"

"너 이번에 떠나면 또 다른 곳들 음식 맛보러 가는 거야?"

"아마도. 근데 이번 여행은 거의 마지막이 될 거야."

"마지막?"

한나가 이해가 잘 안 된다는 듯, 고개를 갸웃거린다.

마지막 여행.

앞으로 여행을 그만둔다는 것은 아니다.

다만, 다음 여행이 끝나고 도진은 새로운 식당에 대해 구상할 생각이었다.

조금씩 구상해 놓은 것들이 있긴 했으나.

그것들을 합치고 어색한 부분을 수정하거나 하는 등.

여러 가지 작업들을 하면 분명 시간을 많이 잡아먹히게 될 게 분명했다.

"응. 다음 여행이 끝나고 내 새로운 식당을 차릴 생각을 하고 있거든."

"어떤 식당인데? 한국 출신이라고 했으니까 역시 한식이려나?"

"아니. 파인다이닝."

파인다이닝.

저번처럼 불완전하게 성공한 식당이 아닌, 확실하게 준비하고 꼼꼼하게 준비해 사람들에게 자신 있게 내놓을 수 있는 다이닝.

그것이 도진이 준비하고 있는 다이닝이었다.

한나는 그 말에 잠시 멍하니 도진을 바라보았다.

다이닝에 대한 이야기는 할머니를 통해서도, 할아버지를 통해서도 여러 이야기를 들었다.

품격을 갖춘 공간과 손님에게 내가는 최고급 음식.

거기에 와인을 곁들여 하나의 마리아주를 만들어 가는 그 모습은 한나의 머릿속으로만 상상하던 것이었다.

도진은 잠시 한나를 바라보다 입을 열었다.

"같이 갈래?"

"응?"

한나가 고개를 들어 도진과 눈을 맞춘다.

도진의 눈은 단단하게 한나를 향하고 있었다.

한나는 잠시 고민하는가 싶더니 입을 열었다.

"아니. 난 할머니를 도와드려야 해서."

"할머니를 제외하고 너의 생각은?"

도진이 다시 물었다.

전시회에 갔었을 때, 그녀의 이야기를 본의 아니게 들은 상황이었다.

그리고 알게 되었다.

그녀의 사정도.

할머니가 한나에게 더 넓은 세상을 보여 주고 싶어 한다는 것도.

때문에 제안하는 것이었다.

자신을 따라오게 된다면 분명 더 많은 것들을 맛보게 될 거다.

일반적인 다이닝은 물론, 특이한 것들도 먹어 보고 경험의 폭이 넓어질 수 있겠지.

그렇게 경험이 쌓여, 나중에 그녀가 도진의 다이닝을 도와 준다 말해 준다면 그것만큼 든든한 게 없을 거다.

손님을 사랑하는 그녀의 착한 심정은 몇 개월간 보면서 확실히 깨달았으니까.

한나는 잠시 머뭇거리다 입을 열었다.

"가고 싶어……."

그녀의 말에 도진이 빙긋 미소를 지었다.

그러고는 손을 뻗으며 말했다.

"같이 가자. 정말 맛있는 곳들이 어떤 것인지 보여 줄 테니까."

한나가 말없이 고개를 끄덕였다.

그런 그녀의 표정은 조금 후련한 표정이었다.

도진과의 술자리가 끝나고.

한나는 집으로 발걸음을 재촉했다.

"한나 왔니?"

그리고 너무나 당연하다는 듯, 할머니가 나와 그녀를 맞이해 주었다.

한나는 빙긋 웃으며 입을 열었다.

"네. 저녁은 드셨어요?"

"아까 먹었단다. 오늘은 조금 늦게 왔구나. 친구라도 만났니?"

"네. 잠깐 같이 일하는 친구랑 대화하고 오느라고요."

"어제 네가 말했던 그 친구?"

할머니가 흥미롭다는 양 한나를 바라본다.

음식점에서 일을 하는 이들은 다들 눈치가 빠를 수밖에 없다.

손님의 반응에 예민하게 반응해야만 고객들에게 더욱 큰 즐거움을 줄 수 있으니까.

당연하게도 한나의 할머니 역시 다이닝에서 일을 했었고.

수십 년을 걸쳐 길러진 눈썰미는 가히 무시할 만한 것은 아니었다.

"……네. 역시 할머니 앞에서는 뭘 숨길 수가 없다니까요?"

"클클. 그래서, 그 친구랑 어떤 이야기를 했니?"

할머니가 소파에 앉으며 그녀의 이야기에 귀를 기울였다.

솔직히, 할머니는 한나가 어서 떠나길 바랐다.

한평생을 살아 보았기에 알고 있었다.

모든 것에는 때와 순리가 있고, 그 시기가 지나면 즐기거나 느낄 수 없는 것들이 있다는 것을.

때문에 그녀에게 더 넓은 세상을 보라고 수없이 말해 왔으나.

한나는 고집불통이었다.

할머니를 두고 어딜 가냐며 흘려듣고 있었으니 어찌할 도
리가 없었는데.

'확실히 그 친구의 영향이 있는가 보구만.'

어제 이후로 한나의 눈이 살짝 변했다.

도전을 거부하던 눈이 이젠 총기를 띠고 반짝이고 있질 않
나.

그렇기에 더욱 흥미가 돋았다.

그가 이번엔 어떤 이야기를 전했을지.

"전에 어떤 식당을 가서 어떤 음식을 먹었는지에 대해 이
야기했어요."

"그래? 그게 전부였니?"

"아뇨."

한나는 잠시 머뭇거렸다.

입안에 있는 말을 어떻게 꺼내야 할지 모르겠다.

잠시 고민하던 한나가 입을 열었다.

"조만간 긴 여행을 다녀올 생각이에요."

"여행을?"

할머니의 눈이 커졌다.

도전을 거부하던 아이가 한순간에 바뀌었으니 놀라지 않
을 수가 있던가.

반면 한나는 죄송스럽다는 표정이었다.

"네. 그 친구랑 함께 미식 여행을 다녀 보려고요."

"좋은 생각이다. 나는 걱정하지 말고 편히 다녀오렴. 언제든 힘들면 연락하고. 정말 맛있는 음식이 있다면 사진을 찍으렴."

"할머니는 제가 떠나는 게 안 슬프세요?"

"슬프고 말고 할 게 뭐가 있니? 그냥 이런 게 인생이지. 가끔은 밖으로 나가고 새로운 것들을 눈에 담고. 골방의 책은 지식을 줄 수 있을지 모르겠지만, 눈으로 보는 경험은 추억을 주기 마련이란다. 그 추억들을 쌓아 나가다 보면 언젠가 네 꿈도 이뤄지지 않겠니."

할머니의 말에 한나가 고개를 끄덕였다.

솔직히, 조금 두려웠다.

한 번도 둥지를 떠난 적 없는 아기 새가 둥지를 떠나는 것처럼.

할머니를 혼자 둔다는 것도.

재희를 떠난다는 것도.

새로운 세상을 본다는 것도 전부.

하지만 마음은 이미 굳게 잡은 상태였다.

한나는 할머니를 따스하게 안으며 입을 열었다.

"할머니, 거기 가서도 자주 연락드릴게요. 혹시라도 무슨 일 있으면 꼭 연락해 주세요."

"그래그래. 너도 이번에 나가서 꼭 성장하고 돌아오길 바라마."

"네, 할머니. 꼭 그렇게 할게요."

그렇게 할머니와 손녀의 포옹은 제법 오랜 시간 동안 이어졌다.

당분간 만나지 못한다는 것에 대한 걱정과.

또 앞으로의 미래에 대한 축복에 대한 이야기로.

할머니는 그런 한나를 다독여 주었다.

이제는 희끄무레한 추억 한 줄기가 되었으나, 자신 역시 젊은 시절을 기억하고 있었다.

미식을 위해 세계를 돌아다니고 한 레스토랑에 정착해 소믈리에가 되었던 일을.

그 시절의 기억들은 무척이나 행복했고, 또 후회되지 않는 것이었다.

할머니는 자신의 손녀가 자신과 같은 경험을 맛보기를 기대하고 있었다.

그렇게 한나의 합류가 결정된 이후.

도진과 한나는 카페에 모여 이야기를 나누고 있었다.

인원이 는 만큼, 계획을 수정해야 하는 부분도 존재했기에 그녀와 함께 대화를 나누려는 생각이었다.

"그래서. 우리 어디로 가?"

한나가 넌지시 질문을 던졌다.

사실, 이미 어디로 가야 할지 이미 생각을 마친 상태였다.

몇 달 전부터 기획하고 있었던 곳.

"파리."

미식 여행이라 함은 역시, 맛의 종주국이자 미식의 나라라 불리는 프랑스.

그중에서도 수도인 파리를 경험해 봐야 하지 않겠는가.

"파리? 프랑스?"

"응. 미식의 나라라고 불리는 곳이기도 하고. 둘러봐야 할 곳도 있어서."

"하긴…… 이번에 미슐랭 평가원이 오는 것을 보면서 따로 검색해 봤는데 파리에만 10개 가까이 있던데."

"응."

도진이 고개를 끄덕인다.

어느 인터넷 밈에서 이런 장면이 있다.

프랑스와 영국이 누가 미식의 국가인지에 대한 주제를 가지고 싸우는 내용이었는데.

영국에도 미슐랭 별을 받은 레스토랑이 많다는 것을 근거로 미식의 나라는 자신들이라며 외치는 영국을 보며 프랑스 셰프는 이런 질문을 던졌다.

-그래서 당신들은 어떤 요리를 하고 있습니까?

그 질문에 영국인들은 대답할 수 없었다.

그들이 미슐랭의 별을 받았다고 말하는 식당들이 만드는 음식은 다름 아닌 프랑스의 음식들이었으니까.

그만큼 프랑스는 여러 가지로 미식에 있어 **빼놓을** 수 없는 국가였다.

심지어는 현대의 파인다이닝이라는 문화 역시 프랑스의 정찬 문화인 오트 퀴진을 기반으로 만들어진 것이었으니까.

실패하지 않은 파인다이닝을 원한다면 프랑스 방문이 선택이 아닌 필수였다.

"그중에서도 우린 몇 가지 특별한 음식들을 먹어 볼 거야."

"특별한 음식? 어떤 건데?"

"그건 때가 오면 직접 확인해 보는 게 더 좋을걸."

도진이 의미심장한 표정을 지었다.

그것을 본 한나는 고개를 갸웃거릴 뿐이었다.

참고로 한나는 따로 다이닝을 직접 이용한 적이 없었다.

할머니를 따라 다이닝에 가 본 적은 있지만, 음식을 먹는 등의 시스템은 이용한 적이 없던 상황.

지금 상태로 도진의 다이닝에서 함께 일해 달라는 부탁을 하게 된다면 어떤 일이 일어날지는 **뻔했다.**

아마 처음 경험하는 다이닝 시스템에 우왕좌왕하다가 실수를 저지르겠지.

도진의 다이닝을 완벽하게 만들기 위한 마지막 여행으로

서, 또 한나의 성장을 위해서 이번 다이닝은 도진이 직접 고르고 고른 곳들이었다.

"뭐어. 알았어. 굳이 안 알려 주는 것을 보면 뭔가 있긴 한가 보네."

"응. 말은 안 해 주겠지만 적어도 먹고 안 놀랄 수는 없을걸."

"그래?"

한나의 눈이 반짝인다.

어떤 음식인지 벌써부터 기대가 된다는 표정이었다.

그리고 그건 도진 역시 마찬가지였다.

마지막 여행지인 파리.

그곳에서 어떤 일들이 일어날까.

아직 출발하지 않았음에도 가슴이 두근거리는 느낌이었다.

시간은 빠르게 흘러갔다.

밀 하우스에는 새로운 직원들이 들어와 자리하고 있었다.

이들은 모두 재희의 엄격한 심사를 통과한 이들이었다.

그리고 그 심사를 통과한 인원답게, 주방에 충원된 인원은 눈치가 빠르고 요리하는 속도가 빠른 편이었고.

홀에 추가된 직원 두 명은 원래 다른 레스토랑에서 일을 했던 만큼, 능숙하게 손님들의 주문을 받아 내고 있었다.

물론 도진과 한나가 밀 하우스에서 일할 때와는 조금은 분위기가 달라지긴 했으나.

이 정도라면 많이 괜찮은 편이었다.

어느 식당에선 직원을 하나 잘못 뽑아서 신문에 실려 공개적인 망신을 당하는 일도 있었으니까.

도진과 한나는 전날까지 인수인계를 하고, 짐을 챙기기 시작했다.

가지고 갈 짐 자체는 많진 않았다.

애초에 들고 온 것도 많진 않았으니까.

그렇게 캐리어 가득 짐을 챙기고 주변 정리가 끝났을 때쯤이었다.

뚜르르―.

도진의 스마트폰이 울려 대기 시작했다.

스마트폰을 집어 드니, 재희의 이름이 눈에 들어왔다.

"여보세요?"

―어, 도진아. 정리 다 끝났어?

"응, 방금. 무슨 일이야?"

―별일 없으면 식당으로 내려올래?

"식당?"

―가기 전에 밥은 먹고 가야지.

헤어지기 전에 만찬이라는 건가.

마침 인수인계를 하고 바로 짐을 챙기느라 배가 고픈 상황.

도진이 입을 열었다.

"바로 내려갈게."

-응. 뭐 먹고 싶은 것은 없고?

"으음…… 주인장 마음대로?"

-참 너도……. 알았으니까 내려와.

"응."

도진의 말에 재희는 픽 하고 웃음을 터트렸다.

그러곤 이내 어서 내려오라는 말을 마지막으로 전화를 끊었다.

끊어진 전화기를 대충 주머니에 쑤셔 넣은 도진은 빵빵해진 캐리어를 벽 한쪽 면에 대충 던져 놓고는, 발걸음을 옮겨 밀 하우스로 향했다.

가장 먼저 눈에 들어온 것은 테이블 두 개를 이어 붙여 만든 널찍한 테이블이었다.

그 위에는 하얀 테이블보가 두 개를 이어서 빈틈없이 만들어져 있었고.

그 위로는 미리 만들고 있었는지 음식들이 하나둘 올라가고 있었다.

"이게 대체 뭐야……."

언제 온 건지. 뒤에 어느새 뒤에 다가온 한나가 자신의 앞에 펼쳐진 광경을 보며 중얼거린다.

재희는 음식을 다시금 주방에서 가져오며 입을 열었다.

"왔어? 어서 앉아."

"형, 이게 다 뭐야?"

"뭐긴 뭐야. 송별회 특집 재희표 한상 차림이랄까?"

"상 두 개 붙여 놨잖아."

"크흠, 사소한 것은 넘어가고. 자, 자, 어서 앉아."

재희는 민망한지 헛기침을 내뱉고는, 도진과 한나를 자리에 앉혔다.

앉아서 보니 음식의 양이 얼마나 많은지 내심 체감이 됐다.

당장 가짓수만 6개가 넘어간다.

탕수육, 짱뽕과 같은 중식, 갈비찜과 떡갈비 같은 한식, 심지어는 돈가스 같은 일식과 잠발라야와 같은 미국식까지 있었으니.

어디서부터 손을 대야 할지 내심 감이 잘 안 잡혔다.

"자, 자, 많이 먹어. 오늘은 내가 사는 것이니까 요금은 걱정하지 말고."

"왜 이렇게 많이 차렸어?"

"난 주문 받은 대로 만든 건데?"

"주문? 아……."

도진이 방금 전에 자신에게 왔던 전화를 떠올렸다.

무엇을 먹을 거냐는 질문에 도진은 분명, '주인장 마음대로'를 주문했다.

즉, 주인장이 이렇게 주고 싶어서 줬다는데 무슨 상관이냐는 말.

'한 방 먹었네.'

사실 딱히 어떤 것이 끌려서 주문한 것은 아니었는데, 이렇게 모든 종류의 음식을 전부 준비할 줄은 몰랐다.

그리고 재희는 맥주를 꺼내 가지고 오더니.

"자, 다들 한잔하자고."

"형, 괜찮겠어? 또 저번처럼 뻗으면⋯⋯."

"에이, 괜찮아. 괜찮아. 이미 숙취 해소제 먹고 왔어."

그렇게 말하며 자신의 가슴을 툭툭 두드리는 재희.

도진과 한나의 잔에 맥주를 채우고는 자신의 잔에 남은 맥주를 털어 넣었다.

그러고는 잔을 올리며 입을 열었다.

"다들 고생 많았어."

재희가 입꼬리를 올린다.

처음에 왔던 그때처럼.

그러고는 천천히 도진과 한나를 번갈아 봤다.

만약 이들이 아니었다면.

자신은 밀 하우스를 여기까지 성장시킬 수 없었을 것이다.

한나가 있기에 홀을 안심하고 맡길 수 있었고.

도진이 있었기에 어깨에 있던 부담감을 조금 내려놓을 수 있었다.

밀 하우스는 재희의 것이 아니었다.

이들과 함께 만들어 낸 걸작이라고 하는 게 정확할 거다.

도진이 입을 열었다.

"형 덕분에 성장 많이 했어. 고마워."

"내가 한 게 뭐가 있다고. 그냥 네가 다 열심히 해서 이룬 결과지."

"아니. 형이 없었더라면 아마 제자리걸음이었을 거야."

진심이 담긴 말이었다.

재희가 있었기에 손님을 대함에 있어 어떤 마음가짐을 가져야 하는지.

배달음식을 만드는 팁과 같은 것들을 알뜰살뜰 배웠다.

그리고 그런 재희의 가르침은 아마 다른 곳에 가서도 이어지겠지.

그는 도진이 노력한 결과라 말하고 있었지만.

도진은 오히려 그에게 받은 게 너무나 많다고 생각할 뿐이었다.

"한나 너도 정말 고생 많았어."

"응. 이렇게 갑자기 간다고 말해서 미안해."

"미안하긴. 오랫동안 내가 폐 끼치고 있었는데. 나야말로 미안하지. 다른 곳에서도 즐겁게 지냈으면 좋겠다."

"자주 연락할게."

"그래. 약속이야."

재희가 씨익 웃고는 잔을 다시금 들어 올렸다.

그러고는 건배사를 외치는 재희.

"앞으로 더 성장할 우리를 위해, 건배!"

"건배!"

구령에 맞춰 잔이 움직인다.

이내 짠 소리가 흘러 들어오고, 자리에 있던 이들은 모두 잔을 단번에 비워 냈다.

술이 가장 약했던 재희가 조금 걱정이 되었으나.

그는 정말로 괜찮다는 듯 웃으며 잔을 다시 채웠다.

"그나저나 도진이는 나중에 식당 연다면서? 파인다이닝."

"응. 아마 이번에 가서 생각 좀 정리하고 열 것 같아."

"열면 꼭 형한테 말해 줘야 돼. 알았지?"

"알았어. 나중에 시간 나면 놀러 와."

"가게 문 닫고 며칠 내내 먹을게."

"형, 이렇게 말하고 안 오는 거 아니지?"

"크흠."

도진의 말에 재희가 헛기침을 하는 시늉을 하며 장난을 쳐 댔고.

그것을 본 도진과 한나는 재희의 모습이 재밌다는 듯 웃음을 터트린다.

"장난이고, 꼭 갈 테니까 걱정하지 마. 나중에 가면 모른 체하지 말고."

"알았어, 형. 형도 밀 하우스 잘되길 바랄게."

"그럼. 잘되어야지. 직원들도 좋고. 앞으로 더 크게 만들 거야."

재희가 빙긋 웃었다.

이번에 직원을 뽑고 미슐랭의 별을 받으며 그는 지금의 공간에서 3명의 인원으로 가게를 운영하는 데 어렵다고 판단했고.

추가적으로 직원을 고용하고 있는 중이었다.

그러면서 가게를 확장하는 것에도 관심을 가지고 있었다.

다른 사람이라면 돈 때문이겠지만 고객 바보인 재희답게 대기 손님이 너무 많아서 분산을 목적으로 확장하기로 결정한 것.

마침 바로 옆 건물이 빈 상황이라 직원들을 고용해 요리를 완벽하게 숙지시킨 후 투입할 예정이었다.

"파이팅이야, 형."

"너도."

그렇게 말한 도진과 재희가 주먹을 부딪쳤다.

밀 하우스에서의 일은 여기가 끝이었지만.

재희와의 인연이 끝나는 것은 아닐 거다.

언젠가는 다시 만나리라 생각하며, 밀 하우스의 멤버들은 맥주잔을 들어 올렸다.

그들의 수다 소리는 새벽 내내 이어지고 있었다.

다음 날.

도진과 한나는 재희의 차를 타고 공항으로 발걸음을 옮겼다.

가벼운 발걸음으로 출국 수속을 하는 도진과는 다르게, 한나는 영 어색한 모습이었다.

그녀는 지금껏 다른 나라를 가 본 적이 없다고 했으니, 당연한 일이었다.

아마 자신이 살아온 땅을 떠난다는 게 어색하게 느껴지겠지.

도진은 그녀를 도와 출국 수속을 마무리하곤, 재희와 악수를 했다.

"우리 갈게."

"그래. 도착하면 꼭 연락 주고. 나중에 또 얼굴 보자."

"응, 형. 기다릴게."

재희가 먼저 손을 흔들었고. 도진과 한나가 차례로 손을 흔들었다.

솔직히, 발걸음이 무겁다.

미국에 와서 참 많은 인연을 만들었고, 또 좋은 추억을 쌓았다.

이런 인연을 두고 간다는 게 조금은 마음에 걸렸으나.

도진은 이내 발걸음을 옮겨 파리행 비행기에 몸을 실었다.

지금은 떠나지만 언젠간 꼭 파인다이닝을 개업해 이들을 초대할 거다.

그리고 받았던 은혜만큼 맛있는 식사와 성공한 모습을 보여 줄 거다.

그게 그들에 대한 보답일 테니까.

"후우."

한나가 숨을 내뱉었다.

태어나 처음으로 떠나는 고향도, 처음 발을 딛게 될 프랑스도 전부 긴장되는 일이었으므로.

숨을 내뱉으며 그녀는 자신의 마음을 다잡았다.

더 성장한 자신을 위해서.

도진은 그런 한나와 수다를 떨다가, 항공 멘트와 함께 고개를 돌려 창문 밖을 바라보았다.

전생이 끝났던 기억을 간직한 곳이 프랑스였다.

그리고 다시 방문하게 되는 프랑스.

이번 생에는 어떤 일이 일어날까.

미식의 나라 (1)

프랑스 파리의 거리는 무척이나 아름답다.

중세에 지어진 건물들은 어느 첨단 도시의 길쭉한 직사각형의 기다란 모양이 아닌, 아름다운 모양으로 깎아 올려져 있었다.

바닥에는 블록들이 그림을 그리고, 차가 돌아다니는 거리의 중심에는 개선문이 거대하게 서 있다.

싱그러운 가로수들 사이에는 관광객들로 보이는 이들이 저마다 손에 카메라를 들고 나와 개선문을 촬영하기에 바쁘고.

하늘에는 새들이 허공을 누비며 노래를 지저귄다.

그 모습들은 마치 현대의 시간이 아닌, 과거의 시간과 현대의 시간이 공존하는 듯한 모습이었다.

"와아, 확실히 미국하곤 분위기가 많이 다르네."

한나가 주위를 둘러보며 입을 열었다.

미국의 경우는 사막이 많은 지형이다.

오래된 건물이라고 하면 나무집이 나오는데, 이곳에선 하나의 예술 작품을 보듯, 건물들이 줄지어 서 있었으니.

당연하게도 낯선 환경의 모습이 신기하면서도 또 즐겁게 느껴지곤 했다.

"다른 나라니까. 그중에서 유독 유럽 쪽이 이런 양식으로 지은 건물들이 많이 남아 있긴 해."

보통은 오래된 건물들은 철거하기 마련이다.

그리고 세련된 벽 전면이 유리로 된 건물들이나 빔프로젝트와 같이 점차 색다른 것들을 시도하긴 마련이다.

그러나 유럽 쪽은 특이하게도 오래전에 지은 건물들을 그대로 유지하고 있었다.

덕분에 창문의 폭이나 높이에 세금을 매기던 건물들이 남아 있었고.

그러다 보니 유럽에 오면 과거의 건물들이 모여 낭만적인 모습을 보이는 경우가 종종 볼 수 있곤 했다.

"일단 숙소로 가서 짐 좀 풀자. 일정은 그다음에 알려 줄게."

"알았어."

천재셰프
회귀하다

도진의 숙소는 개선문에서 그리 멀지 않은 곳에 위치하고 있었다.

도진이 잡은 방은 호스텔이었다.

낭만의 도시라는 별명을 가지고 있는 도시의 모습과는 다르게, 파리의 숙소 가격은 사악한 편이다.

아무리 저렴한 숙소가 1박에 최소 10만 원 중반대를 시작으로, 30, 40만 원을 넘어 비싸게는 60만 원을 넘어가는 곳들도 있었으니.

자칫 아무 방을 잡아 일주일 숙박에만 수백을 날리는 경우가 이곳 파리에서는 생각보다 흔한 일이었다.

물론 외곽으로 향할수록 가격이 조금 저렴해지는 것은 사실이었으나.

당연하게도 움직여야 하는 길이도 길어지는 것이기에 적당한 곳에 호스텔을 잡은 것이었다.

물론, 개인 방으로 하나씩 말이다.

"후우."

호스텔에는 사람이 없었다.

외진 골목에 위치하기도 했고, 관광객이 몰리는 성수기는 이미 지난 상황이라 사람이 없던 것이었다.

덕분에 호스텔은 한나와 도진이 전세를 냈다 해도 이상하지 않은 상황이었고.

호스텔의 주인은 어차피 한 2주 정도는 예약이 비어 있다며 넓은 방으로 업그레이드해 주었다.

대신 깔끔하게만 쓰라는데.

뭐, 그 정도야 받아들일 만한 조건이었으니까.

도진이 짐을 풀고 가볍게 씻고 나오자, 한나가 거실에 자리하고 있었다.

거실은 부엌과 붙어 있었는데, 가운데에는 널찍한 테이블이 위치하고 있었다.

"벌써 정리 끝났어?"

"어. 뭐 가지고 온 짐이 많지 않아서. 그보다 빨리 일정부터 정리하자."

"그래."

도진은 가볍게 고개를 끄덕이고는, 발걸음을 옮겨 자신의 가방에서 노트를 꺼내 가지고 왔다.

그러고는 그것을 펼쳐 한나에게 보여 주었다.

"일단 일주일 정도는 레스토랑을 다닐 예정이야. 동시에 주변을 한번 둘러볼 거고."

"미리 생각해 둔 레스토랑은 있어?"

"세 군데. 하나는 에스큐어, 로만, 루블리."

도진이 노트를 넘겼다.

노트 뒤에는 각 식당들에 대한 정보와 사진 들이 붙어 있었다.

도진은 사진을 가리키며 입을 열었다.

천재 셰프
회귀하다

"에스큐어는 전형적인 프렌치 레스토랑이야. 정통적인 프렌치들을 새로운 방식으로 해석해 내놓고 있는 식당이지."

"어. 여기 미슐랭에서 봤던 거 같은데."

"맞아. 3스타를 받은 식당이야."

도진이 고개를 끄덕였다.

그가 생각한 식당은 하나같이 예약이 쉽지 않은 곳이었다.

원래 이보다 많은 레스토랑을 예약하려 했으나 그나마 빈자리가 나서 예약할 수 있던 곳이 세 군데인 것.

"다음은 로만. 여기는 노르딕 퀴진을 연구하고 제작해서 만드는 곳이야."

"노르딕 퀴진? 노르딕이니까 북유럽을 배경으로 한 것 같은데."

"정확해. 조금 더 자세히 말하면 덴마크에서 나는 식재료들을 십분 활용해서 만드는 퀴진이랄까."

"별 신기한 곳들이 다 있네."

한나가 어깨를 으쓱인다.

별 감흥이 없는 것 같다.

하기야, 지금까지 먹어 온 음식의 한계가 있으니 저런 반응을 보이는 것은 당연한 반응이려나.

도진은 그렇게 생각하며 다음 페이지를 넘겼다.

"마지막으로 루블리. 이곳은 분자 요리를 하는 곳이야."

"분자 요리?"

한나의 눈이 반짝인다.

아무래도 분자 요리에 대해 뭔가 알고 있는 눈치다.

"그거, 음식을 화학적 방식으로 요리하는 거 아니야?"

"맞아. 원래 스페인에서 만들어진 방식인데, 그 제자가 파리에다 퀴진을 차렸거든."

"대박이다. 분자 요리. 이름만 들었지 먹어 보는 것은 처음인데."

한나는 무척이나 즐거운 듯했다.

그녀가 여기까지 여행을 온 이유는 단순히 음식을 먹으려는 것이 아니다.

공부. 미국에서 벗어나 더 넓은 세상에 많은 것들이 있다는 공부가 필요했기에 나와 있는 것.

그리고 그 이유는 도진 또한 마찬가지였다.

무릇, 뭔가 새로운 것을 시도하기 위해선 자극이 필요한 법이다.

그 자극이 분노가 되었든, 슬픔이 되었든, 영감을 받았든.

무언가에 영향을 받고 난 후에 새로운 것들을 굴릴 수 있게 되는 법이다.

도진은 이 세 레스토랑을 면밀히 분석해 새로운 다이닝을 굴러가게 할 원동력으로 삼겠다 생각했고.

그 때문에 일부로 단순한 다이닝이 아닌, 조금은 특별한 방식의 다이닝을 준비한 것이었다.

"그럼 남는 시간엔?"

한나가 넌지시 질문을 던진다.

눈을 빛내는 게, 당장 관광을 하고 싶다는 의도가 다분했다.

도진은 픽, 웃으면서 입을 열었다.

"나머지는 자유 시간이야."

"와!!"

"단, 조건이 있어."

"그럼 그렇지. 무슨 일인데?"

"돌아다니면서 와인들을 조금 공부해 줬으면 해."

다이닝에서 떨어뜨릴 수 없는 메뉴가 있다면 역시 와인이다.

음식과 궁합이 맞는 와인을 매치해 하모니를 이루는 것을 마리아쥬라고 한다.

한국으로 친다면 정말 맛있다 이상의 의미를 가지고 있는 단어였는데, 도진은 이 부분에 대한 공부를 한나에게 토스할 생각이었다.

할머니가 소믈리에였다면 알게 모르게 와인에 대해 친숙한 상태일 테고, 맛의 매칭도 쉬울 테니까.

한나가 고개를 끄덕이면서 입을 열었다.

"그거야 문제없지. 품종은 상관없어? 예를 들면 부르고뉴라든가, 피노누아라든가……."

"상관없어. 많이 마시고 어떤 음식이랑 먹으면 매치가 좋을지 기록만 해 주면 돼."

"오케이."

한나가 고개를 끄덕인다.

와인을 감별하고 따라 주는 소믈리에는 쉽게 만들어지는 영역은 아니다.

음식의 맛을 음미하고 탐미하는 미식가처럼 와인을 오랫동안 마시며 맛을 분석하고 또 다른 음식들을 상상함으로써 음식과의 매칭을 만드는 이들이었으니까.

공부한다고 단기간에 만들어질 수 있는 것은 절대 아니었다.

"그럼 내일부터 이렇게 진행하도록 하고. 가장 먼저 있는 일정은 내일 저녁 6시에 있는 에스큐어야. 내일 자유롭게 돌아다니면서 와인 샵들에 대해 알아봐 주고. 5시까지 숙소에서 만나자."

"알겠어. 너는 내일 뭐 하게?"

"식재료 상점들을 돌아다닐 생각이야. 가능하면 저렴하고 좋은 식재료를 구하는 곳들도 알아볼 생각이고."

"바쁘네. 혹시 뭐 도움이 필요한 게 있으면 연락하고."

"알았어. 고마워."

도진이 빙긋 웃으며 답했다.

이렇게 선뜻 먼 타국 땅까지 따라와 준 것도 고마운데 도와주겠다는 말을 들으니 묘하게 마음 한편이 안정되는 느낌이었다.

일정들에 대해 이야기를 마친 도진은 발걸음을 옮겨 자신의 방으로 향했다.

그러고는 침대에 누워 일정을 다시금 확인하고는, 이불을 끌어 올렸다.

전생 이후로 다시 도착한 고향과도 같은 도시.

도진은 이곳에 그리운 향을 느끼며 천천히 눈을 감았다.

다음 날 자리에서 일어난 도진과 한나는 원래 계획했던 대로 발걸음을 옮겼다.

한나는 가볍게 식사를 하고 와인들을 둘러볼 예정이라 말했고.

도진은 도시를 걸어 다닐 생각이었다.

전생에 몇 가지 식재료를 받던 곳들을 기억하고 있었기에, 도시를 보면서 한번 둘러볼 요량이었다.

'쓥. 역시 쉽진 않네.'

한참을 돌아다니던 도진이 작게 숨을 내뱉었다.

너무 오랜만이라 그런가.

어떤 건물들과 어떤 골목인지는 아는데, 눈에 익은 간판이 보이질 않는다.

그렇다고 기억이 잘못되었는가.

그건 아니었다.

정확한 도로명을 찾아 움직였으니까.

그럼에도 도진이 찾는 식당이 보이지 않는다는 것은 아마, 그가 전생보다 젊어진 상태에서 이곳에 다시 왔기 때문일 확률이 높았다.

'뭐라도 먹으면서 해야지.'

결국, 식재료 상점을 돌아다니던 도진이 자리에 멈춰 섰다.

더 돌아다닐 순 있는데 배가 너무 고프다.

당장 아침도 제대로 먹지 못한 상태에서 움직였기도 하고, 점심시간이 다가오고 있는 상황이기도 했다.

도진은 발걸음을 옮겨 먹을 만한 것을 둘러보기 시작했다.

"음?"

그렇게 얼마나 지났을까.

무언가를 발견한 도진이 반가운 표정을 지었다.

얇은 반죽에 토핑을 넣고 끝을 접은 무언가를 칼로 썰어 먹는 손님들의 모습이 눈에 들어왔다.

'갈레트를 파네.'

갈레트. 쉽게 보면 얇은 팬케이크 위에 계란, 소시지 치즈, 연어 등을 넣어 익혀 만든 음식이다.

프랑스에서 갈레트는 길거리에서 주로 많이 파는 음식이었고.

도진 역시 전생에 제법 많이 먹었던 음식이었다.

"갈레트 하나 주세요."

"네, 잠시만요."

주문을 받은 사장이 빠르게 손을 놀려 갈레트를 만들기 시작한다.

조리가 간단한 요리인 만큼, 만드는 시간은 굉장히 짧았다.

사장은 완성된 갈레트를 도진에게 건네주었고.

도진은 그것을 칼로 잘라 입에 집어넣었다.

치즈의 고소한 맛을 시작해, 포슬한 연어의 맛, 소시지의 간과 계란이 한데 어우러져 입안에서 하모니를 이룬다.

간단한 조리임에도 실패할 수 없는 조합의 향연이랄까.

'예전엔 참 자주 먹었었는데.'

카르만의 식당에서 일할 때 도진의 주변에는 이 갈레트를 파는 곳이 있었다.

그리고 부족한 점심시간에 갈레트를 먹으며 한 끼를 버티곤 했었는데.

오랜만에 먹은 갈레트는 무척이나 맛있었다.

그렇게 음식을 먹고 조금 더 주위를 둘러보던 도진은 발걸음을 옮겨 에스큐어를 향해 발걸음을 옮겼다.

한나에게는 식당으로 오라고 미리 언질한 상황.

에스큐어에 도착하자, 아직 에스큐어는 문을 열지 않은 상태였다.

잠시 대기실에 앉아 샴페인 한 잔을 맛보고 있는데, 저 멀리 한나가 다가오고 있었다.

"도진!"

"왔어?"

도진이 반갑게 그녀를 맞이했다.

그녀의 손에는 작은 노트가 하나 들려 있는 상황.

도진은 도착한 한나에게 넌지시 질문을 던졌다.

"좀 어땠어?"

"완벽해! 질 좋은 와인을 저렴하게 파는 곳들도 몇 군데 알아냈고, 안주를 먹다가 몇몇 빵이랑 치즈를 좋은 곳을 쓰는 데를 알아냈다고. 그뿐인 줄 알아? 버터는 또 얼마나 좋고. 보르디에 버터라고 먹어 봤는데, 진짜 풍미가 그냥……."

한나가 신난 표정으로 떠들어 대기 시작한다.

처음 낯선 곳에 떨어진 상황이라 혹시 적응하지 못하면 어쩔까 싶었는데, 전혀 쓸모없는 걱정이었던 모양이다.

그렇게 조금 수다를 떨고 있을 때였다.

"도진 님, 한나 님, 안으로 모시겠습니다."

웨이터 하나가 나오더니 도진과 한나에게 안내를 시작한다.

도진은 고개를 한번 끄덕이고는 발걸음을 옮기기 시작했
다.

미슐랭 3스타 에스큐어.

이곳은 어떤 음식과 파급력을 보여 줄까 하는 기대감과 함
께.

에스큐어의 내부는 밀 하우스와는 비교도 할 수 없을 정도
로 넓게 꾸며져 있었다.

대리석으로 이루어진 바닥의 한편에는 붉은 카펫이 깔려
있었고.

그 끝에는 각각 정원으로 나갈 수 있는 곳과 주방이 이어
져 있었다.

도진은 웨이터가 안내해 준 자리에 앉아 메뉴판을 들여다
봤다.

7코스로 이루어진 음식들에는 어떤 조리법과 어떤 재료들
을 이용해 만들었는지에 대해 상세히 적혀 있었다.

'확실히, 재료를 보니까 비싼 이유가 있긴 하네.'

도진이 살짝 웃었다.

에스큐어의 디너 코스 요리의 가격은 약 60만 원.

고작 한 끼 식사의 가격이라 하기에는 터무니없이 비싼 가
격이었지만, 그 가격을 꽁으로 가져가지는 않겠다는 양, 질
좋은 식재료를 사용하고 있었다.

모렐 버섯과 블루 랍스터, 샤또 브리앙, 트러플 축제로 유

명한 알바산 윈터 블랙 트러플, 캐비아의 명품이라 불리는 카비리아 사의 오세트라 캐비어…….

아마 들어가는 음식의 재료만 하더라도 능히 20~30은 될 법한 식재료들이다.

여기에 식당의 유지비나 직원의 임금, 만드는 사람의 품을 사용한다면 60만 원은 합리적인 금액대임이 분명했다.

'카르만의 식당을 고를 수도 있었지만, 왠지 눈치를 보면서 먹을 것 같았단 말이지.'

도진은 처음 에스큐어를 예약했을 때의 모습을 떠올렸다.

그 당시, 도진이 선택할 수 있는 프렌치 식당은 두 군데였다.

카르만의 식당과 에스큐어.

물론 다른 곳들도 있긴 했지만, 이 두 곳에 비해 가격은 저렴하나 딱히 걸출한 음식을 맛보긴 힘들리라 생각했기에 이 두 가지로 좁아진 것이었다.

도진은 한나를 바라보며 입을 열었다.

"여기에서 서비스되는 방식들을 잘 눈여겨봐."

"알았어."

한나가 사뭇 진지한 표정으로 고개를 끄덕인다.

무려 60만 원짜리 식사를 앞두고 있었으니 당연하다면 당연한 반응.

여기에 와인 페어링을 곁들일 것을 생각하면 최소 70만 원

천재세프 회귀하다

이상의 금액이 나올 것이 분명했다.

그렇게 이야기하고 잠시 기다리자, 웨이터 하나가 도진에게 다가와 말을 걸었다.

"신사숙녀분, 음식을 곧 준비해 드리겠습니다. 혹시 와인 리스트가 필요하십니까?"

"페어링으로 하겠습니다."

"아, 그러시군요. 알겠습니다. 전달해 놓도록 하겠습니다."

웨이터가 고개를 숙여 인사를 하곤 다시 발걸음을 옮기기 시작한다.

미슐랭 3스타는 아무에게나 주어지는 것이 아니다.

전 세계를 통틀어 100여 곳도 되지 않는 것이 3스타였고.

에스큐어는 미슐랭 3스타라는 이명이 이상하지 않을 정도로 완벽한 서비스를 이어 나가고 있었다.

"먼저 아뮤즈 부쉬 먼저 준비해 드리겠습니다."

다시 돌아온 웨이터 두 명은 각자 손에 접시를 하나씩 들고 있었다.

그들은 도진과 한나의 앞에 음식을 내려놓고는, 동시에 뚜껑을 열어 음식을 공개했다.

비록 사소한 디테일이었으나, 그만큼 세심한 부분까지 신경을 썼다는 것이 눈에 들어오는 부분이었다.

"이번에 준비해 드린 아뮤즈 부쉬는 토마토 벨루떼와 타르트 쉘 위에 병아리콩을 조리해 올려 드렸습니다. 그리고 같이 곁들일 수 있는 빵으로 구겔호프를 준비해 드렸습니다. 빵은 뜯어 드시면 되고, 병아리콩은 한입에 넣어 드시는 것을 추천드립니다."

"감사합니다."

웨이터가 고개를 한번 숙이며 물러가고, 도진은 흥미롭다는 듯 자신의 앞에 놓인 음식들을 바라본다.

셰프의 선물이라 불리는 아뮤즈 부쉬는 요금에는 포함되지 않는 요리였다.

도진은 가장 먼저 병아리콩 요리를 들어 입에 집어넣었다.

바삭!

얇게 반죽해 밑에 깐 타르트지는 바삭한 식감을 내며 부서졌고, 병아리콩들은 치아끼리 맞물리며 으스러지기 시작한다.

동시에 느껴지는 음식의 맛.

타르트지에 특별한 간을 했는지, 완벽한 간으로 조절된 음식이었는데, 병아리콩이 으깨지면서 내뿜는 특별한 향이 잘 어우러지며 혀를 즐겁게 하고 있었다.

"맛있네."

도진의 입가에 미소가 그려진다.

아니, 이런 음식을 먹고 인상을 찌푸릴 수 있는 사람이 얼마나 있을까.

천재셰프
회귀하다

단언컨대 거의 없다고 보는 게 맞을 것이다.

한나 역시 고작 아뮤즈에 해당되는 요리였음에도 굉장히 만족스러운 듯한 표정이었다.

그사이, 소믈리에가 다가오더니, 잔을 내려놓고 코르크를 땄다.

소믈리에는 잔에 와인을 따라 주며 입을 열었다.

"아프리티제 서빙해 드리겠습니다. 이번에 따라 드리는 와인은 화이트 품종은 소비뇽 블랑에 부르고뉴 품종을 블렌딩해 만든 와인으로, 처음에는 소비뇽 블랑만의 달콤함이 치고 나오지만, 뒤에서는 부르고뉴 특유의 탄닌으로 드라이하고 깔끔하게 마무리되는 와인입니다."

설명을 마친 소믈리에는 고개를 숙여 인사를 하고는, 다시 발걸음을 옮겨 다른 테이블로 향했다.

도진은 잔을 들어 보이며 입을 열었다.

"짠?"

"짠."

가볍게 잔을 부딪힌 한나는 와인의 향을 맡고는, 그것을 조금씩 입에 흘려 넣었다.

그리고 음미하던 찰나.

"웨이터."

그녀가 웨이터를 불러 세웠다.

웨이터는 가던 발걸음을 멈추고 한나의 앞에 도착하더니,

질문을 던졌다.

"무슨 불편이라도 있으십니까? 손님."

"이번 아프리티제로 나온 이 와인. 너무 오래되었네요."

"네?"

직원이 당황스러운 표정을 지으며 와인을 바라본다.

그러면서도 말의 높낮이가 없는 것을 보면 프로라는 생각이 들었다.

한나는 자신이 마시던 와인을 가리키며 입을 열었다.

"이번 와인은 완전히 산화되어 있는 상태라고요. 에어링도 충분히 적셨는데, 향이 완전히 망가져 있는 상태입니다. 아까 소믈리에께서 와인을 따르며 본 라벨을 보니까 쏠레 드로제 1945 같은데, 제가 전에 먹던 것과는 완전히 향이 다릅니다."

"잠시만요. 한번 확인해 보고 말씀드리겠습니다."

직원은 점잖게 사과의 인사를 건네고는, 소믈리에에게로 향했다.

도착한 소믈리에는 와인에 대해서 한나에게 질문을 던졌다.

"와인이 산화된 것 같다고 하셨다면서요? 혹시 실례가 안된다면 제가 당신의 와인을 조금 덜어 마셔 보아도 되겠습니까?"

"물론입니다."

천재셰프
회귀하다

한나가 쿨하게 허락하자, 소믈리에는 와인을 조심스럽게 들어, 색을 확인했다.

그러고는 여분의 잔을 꺼내, 와인을 조금 덜어 내고는 그것을 입에 집어넣었다.

맛을 음미하던 소믈리에는 고개를 숙이며 입을 열었다.

"죄송합니다. 최대한 잘 보관했다고 생각했는데, 아무래도 약간 문제가 있었던 것 같습니다. 괜찮으시다면 다른 와인으로 한잔 서비스해 드려도 괜찮을까요?"

"물론이죠. 아, 제 앞에 있는 친구도 교체 부탁드립니다."

"알겠습니다."

그렇게 말한 소믈리에가 발걸음을 옮겼다.

한나와 소믈리에가 마신 와인의 양은 그리 많지 않았다.

한 모금.

그 적은 한 모금의 양으로도 와인의 상태나 숙성도 등을 파악이 되는 건가.

'역시 소믈리에의 손녀라는 건가.'

도진 역시 와인에 제법 조예가 깊다고 할 수 있다.

다이닝을 돌며 와인을 조금씩 계속 마셔 왔고, 그 경험은 전생에서부터 시작되어 최소 10년은 넘었으니까.

다만 한나처럼 섬세한 미각은 가지고 있지 않았다.

만약 정말 산화가 상당히 진행된 상황이라면 어렵지 않게 알아맞힐 수 있겠으나.

도진이 처음 아페리티프를 마셨을 때는 딱히 이상한 것을 느끼지 못했으니까.

'역시, 소믈리에로서 재능이 있어.'

서빙 경력도 경력이고, 소믈리에로서의 재능도 수준급이다.

이만한 인재는 쉬이 발견되지 않는다는 것을 알기에, 도진은 입꼬리는 자연스레 올라갈 수밖에 없었다.

그리고 그런 자신을 보는 시선을 느낀 한나는 어깨를 으쓱이며 별것 아니라는 듯한 포즈를 취한다.

그것을 본 도진은 픽 웃으면서, 그녀를 향해 엄지를 올려주었다.

새롭게 만들어질 파인다이닝의 한구석에서 한나가 있는 모습을 상상하면서.

⊠

약간의 소란이 지난 후.

식사는 이어서 진행이 되어 가고 있었다.

에스큐어의 음식을 정리하자면, 정말 환상적인 맛이었다.

현존하는 새우들 중 가장 비싼 가격으로 거래되고 있는 까라비네로는 껍질을 벗겨 토치로 겉을 가볍게 지진 다음, 허브를 넣어 만든 소스를 주위에 뿌려 플레이팅했고, 그 위에는 캐비어가 올라가 있었다.

카라비네로의 탱글함과 단내, 특유의 풍미가 진하게 올라오면서 중간에 허브가 섞인 스튜와 함께 이어지고.

마지막은 캐비어의 톡톡 터지는 식감과 함께, 바다의 향이 더해지며 완벽한 하모니를 이룬다.

'단순히 비싼 식재를 사용한다고 나올 수 있는 맛이 아니야.'

아무리 비싼 식재료를 들고 있다 한들, 그것으로 어떤 결과를 만드느냐는 결국 요리사의 실력에 달린 것이었다.

그리고 도진의 판단으로는 에스큐어의 셰프는 기본적으로 식재료에 따른 조리법을 정확히 알고 있는 듯했다.

그렇지 않고서는 이런 퀄리티의 음식을 만들어 낸다는 것이 불가능할 테니.

거기다 소믈리에 역시 처음 실수 이후 엄선하고 엄선해 음식과 최상의 조화를 이루는 와인을 가져다주며 식사는 더더욱 즐거워지고 있었다.

"도진."

"응?"

한창 식사가 진행되고 있을 때였다.

한나가 슬쩍, 도진을 불렀다.

"무슨 일이야?"

"이거. 랍스터. 왜 껍질이 파란색이야?"

그녀가 자신의 접시에 있는 랍스터를 가리키며 물었다.

한나의 앞에 놓인 접시에는 과일과 옥수수 등을 이용한 폼과 함께 잘 익혀진 랍스터 한 마리가 놓여 있었는데, 일반 랍스터와는 다르게 껍질이 푸른색으로 칠해져 있었다.

"이건 블루 랍스터야. 기존 랍스터들 중에서 희귀한 확률로 잡히는 랍스터지. 먹어 보면 일반적인 랍스터와 비슷한데 조금 더 담백한 느낌을 가지고 있어."

"아, 그래? 색 매칭이 안 돼서 살짝 놀랐네. 그런데 이런 건 어떻게 알고 있는 거야."

"그냥 뭐."

그렇게 말하며 어깨를 으쓱이는 도진.

도진의 행동이 처음 자신이 했던 행동과 유사하다는 것을 느낀 한나가 픽 웃으면서 입을 열었다.

"뭐야, 유치하게."

"눈치챘어?"

"당연하지. 그래서 이런 건 대체 어떻게 알아내는 거야?"

한나가 재차 질문한다.

그도 그럴 게, 이번 코스에선 그녀가 지금까지 먹어 보지 못한 음식이 너무 많았다.

까라비네로라든지, 엔젤헤어 파스타, 모렐 버섯……

지금까지 다이닝을 한 번도 이용해 보지 못한 그녀는 계속해서 도진에게 물어볼 수밖에 없었고.

그렇게 계속 물어보다 보니, 다소 미안한 감이 생긴 후였
다.

"그냥, 나도 요리사니까 계속 이것저것 시도하다 알게 되
는 거지."

"그렇구나······."

"난 괜찮으니까 얼마든지 물어봐. 너도 나중에 음식 관련
된 일을 하려면 이런 지식들을 가지고 있는 게 유리하니까."

"응."

도진의 말에 한나가 고개를 끄덕인다.

그녀가 소믈리에로서의 재능이 뛰어나다는 것은 인정한
다.

하지만 그것을 제외하면 다른 지식은 전무한 상황이었다.

만약 그녀가 서빙을 하거나, 음식에 맞는 와인을 추천하는
상황이 온다면 이런 지식들은 필수다.

각각의 식재료마다 다른 특징을 가지고 있었고.

또 그것에 따라 음식의 맛이 변형되거나 달라지는 경우가
많았으니까.

특히나 프랑스나 이탈리의 경우, 허브의 사용이 많은 편이
다.

때문에 음식에 들어가는 허브의 향과 관리법까지.

도진은 자신이 알고 있는 지식의 많은 부분을 한나에게 전
달할 생각이었다.

만약 도진의 다이닝에 한나가 합류하게 된다면 고객의 질문에 응답할 수 있어야 하니까.

그렇게 고개를 끄덕인 한나가 음식을 천천히 맛보고 있을 때였다.

"안녕하세요, 손님."

누군가 그들의 앞에 다가와 말을 걸기 시작했다.

도진이 고개를 들어 자신을 부른 이의 얼굴을 바라보았다.

그곳에는 푸짐한 덩치의 한 남자가 서 있었다.

하얀색 조리복에 하반신을 가리는 푸른색 앞치마, 녹색 스카프가 인상적인 인물.

말하지 않아도 알겠다.

저 사람이 이곳, 에스큐어의 셰프라는 것을.

"안녕하세요. 에스큐어에서 총괄 셰프를 맡고 있는 앙드레 드레인입니다. 음식은 입에 좀 맞으시나요?"

도진의 말대로였다.

자신을 앙드레 드레인이라 소개한 남자는 웃으면서 도진과 한나에게 질문을 던졌고.

가장 먼저 답한 것은 한나였다.

"환상적인 맛이었습니다. 식재료 간의 조화와 풍미가 뛰어난 음식이었습니다. 게다가 처음과는 다르게 와인과 함께 먹었을 때 마리아주가 이뤄지는 음식이라 더욱 만족하며 먹었던 것 같습니다."

"하하. 감사합니다. 저희는 항상 좋은 식재료로 좋은 음식을 만들기 위해 최선을 다하고 있습니다. 앞으로도 좋은 모습 보이도록 노력하겠습니다."

자연스럽게 셰프의 입에서 멘트가 흘러나온다.

아마 준비된 멘트겠지.

앙드레는 고개를 돌려 도진을 바라보며 물었다.

"레이디께서는 좋은 식사였다고 말씀을 해 주셨는데, 여기 신사분께서는 입에 좀 맞으셨나요?"

그의 말에 도진이 입을 한번 닦아 내며 입을 열었다.

"기본적으로 식재료의 활용이 좋았던 것 같습니다. 서로 부족한 부분은 다른 식재료가 보완하며 음식의 퀄리티를 완성해 나가더군요. 특히, 블루 랍스터 요리에선 살짝 놀랄 수밖에 없었습니다."

도진이 전에 먹었던 블루 랍스터 음식을 머릿속에 떠올렸다.

신선한 식재료. 그리고 그것을 보완해 나가던 식재료들 중에서도 눈에 띄는 식재료가 있었다.

"처음엔 샐러리악을 이용해 소스의 점도를 맞춘 요리라 생각했는데, 계속 먹어 보니까 예루살렘 아티초크를 이용한 음식이라는 게 느껴지더군요. 다른 재료로는 모렐로 육수를 내고, 샐러리, 타임, 딜, 로즈마리도 조금 넣으셨군요."

앙드레의 눈이 점차 커진다.

에스큐어는 오래된 식당이었다.

자신이 주방을 이어 운영하는 것도 벌써 10여 년에 가까운 시간이 흘러가고 있었으니까.

물론 그 시간 동안 많은 손님들을 봐 왔고.

미슐랭과 같은 미식가들의 평도 많이 받아 왔다.

하지만 자신의 눈앞에 있는 손님은 처음 보는 유형이었다.

음식을 먹은 것만으로 안에 들어간 식재료를 턱턱 맞히고 있질 않나.

"폼으로 처리한 것은 아마 텍스처를 부드럽게 하기 위함이었을 것 같고요. 아, 블루 랍스터를 익히고 과일나무를 섞어 훈연한 것도 좋았습니다. 스모키한 향과 함께 달콤한 향이 난 것을 보면 복숭아나무를 쓴 것 같은데. 그 외에는 잘 모르겠네요. 아마 제 생각이 맞다면……."

그렇게 말한 도진이 고개를 들어 셰프를 바라본다.

당황스러워하는 앙드레의 얼굴을 보며 도진이 부연했다.

"포도나무. 맞나요?"

"……."

일순 셰프가 할 말을 잃었다는 표정으로 도진을 바라본다.

몇몇 직원들 역시 그런 광경이 신기했는지 시선을 옮겨 바라보는 것이 눈에 들어왔다.

앙드레는 약 5초 정도 잠시 침묵을 지키다가, 이내 웃으면서 입을 열었다.

"전부 정답입니다. 어떻게 아신 거죠? 혹시 주방에 아는 지인이라도 있는 건가요?"

"아뇨. 그런 것은 아닙니다."

"그러면 미식가? 절대 미각의 소유주십니까?"

"아닙니다. 그저…… 저 역시 셰프일 뿐입니다."

같은 셰프가 다른 이의 식당에 가서 식사를 한다는 게 불편할 수도 있기에 굳이 말하진 않으려 했다.

그런데 자꾸 물어보니, 홧김에 전부 말한 상황.

다행히도 앙드레는 전혀 상관없다는 양, 말을 이어 나갔다.

"셰프라도 이런 미각을 가진다는 것은 정말 쉽지 않은데요. 만약 당신이 셰프가 아니라 그저 일반 손님이었다면 제가 먼저 스카우트 제의를 했을 겁니다."

"그러진 못하셨을 겁니다."

"오호. 왜죠?"

"아마 제가 임금을 세게 불렀을 테니까요. 저, 그렇게 저렴한 남자는 아닙니다."

도진의 여유 있는 농담에 앙드레가 퍽 흥미가 생겼다는 양, 도진을 바라본다.

입꼬리는 어느덧 잔뜩 올라간 상황.

"하하. 레이디께서는 정말 좋은 남자를 두셨군요. 적어도 맛없는 음식을 먹는 끔찍한 상상은 하지 않아도 될 테니까요.”

“에이. 아니에요. 그냥 저흰 친구 사이인걸요.”

“정말이십니까? 아이고, 이거. 제가 실수했군요. 사과의 의미로 제가 아끼는 와인 한잔 서비스로 내드리겠습니다.”

“어머. 그럼 너무 좋죠.”

와인이라는 말에 다시금 미소를 짓는 한나.

앙드레는 상황을 정리하면서 입을 열었다.

“아, 그리고 신사분. 혹시 이름을 알 수 있겠습니까?”

“도진. 도진이라고 합니다.”

“도진이라……. 좋은 이름이군요. 좋아요. 도진. 식사가 끝나고 제 주방에 잠시 와 주실 수 있겠습니까?”

“주방을 말입니까?”

“네. 별건 아니고 하나 제안드릴 게 있어서요.”

그렇게 말하며 의미심장한 미소를 짓는 앙드레.

도진은 그런 앙드레의 모습을 보며 픽, 웃고는 입을 열었다.

“좋습니다. 다만, 어떤 제안인지는 직접 보고 결정하죠.”

“그 정도야…… 그럼 좋은 식사되시길 바랍니다.”

앙드레는 고개를 숙여 인사를 대신하고는, 다른 테이블로 발걸음을 옮긴다.

그사이에 소믈리에를 불러 무언가를 지시하는 것도 잊지 않았다.

아마도 우리에게 주기로 한 와인에 대한 이야기겠지.

'상황이 재밌게 흘러가네.'

미슐랭 3스타 레스토랑 셰프의 제안이라니.

어떤 부탁을 할지.

또 보상으로 어떤 것을 줄지 벌써부터 기대가 되기 시작했다.

도진은 자신의 앞에 나온 누가 초콜릿을 입에 집어넣었다.

달콤하면서도 고소한 향이 퍼져 나가며 입안을 적신다.

프랑스에서 만난 첫 다이닝.

그 길디길었던 코스마저 달콤해지는 기분이었다.

디저트까지 먹은 도진과 한나는 앙드레의 제안이 무엇인지 확인하기 위해 주방으로 발걸음을 옮겼다.

안내는 수셰프가 맡은 상황.

그의 안내를 받아 도착한 주방은 무척이나 깔끔한 상태를 유지하고 있었다.

7가지의 코스, 거기다 이곳의 구조를 생각하면 단 한 번의 타임이 끝나면 분명 어지럽게 되기 마련인데, 주방은 청결을 유지하고 있었다.

화구는 거무튀튀한 기름기 대신 광을 내고 있었고, 당장 사용할 수 있게 식재료를 포션을 잡고 진공을 해 둔 것까지.

요리사들이 원하는 주방이 있다면 이런 주방이 아닐까 하는 생각이 들 정도였다.

'주방도 주방이지만, 역시 가장 눈에 띄는 것이라면 역시…….'

도진의 시선이 다른 곳으로 향한다.

주방의 위생이 아닌, 자신의 자리에서 일을 하는 요리사들에게로.

그들은 각자 자신이 맡은 파트에서 최선을 다하고 있었고.

시간이 남은 것으로 보이는 이들은 요리를 개발하려는지, 여러 가지 시도를 해 보고 있었다.

도진은 그런 그들의 모습이 진심으로 멋있다 생각하고 있었다.

"오셨군요."

그렇게 주방을 둘러보고 있을 때였다.

도진과 한나에게 말했던 에스큐어의 총괄 셰프, 앙드레가 모습을 드러냈다.

"네, 셰프. 그래서, 제게 하실 제안이 어떤 겁니까?"

"다른 것은 아닙니다. 사실 이런 것을 부탁할 사람이 없어서 곤란하던 참이라서요."

그렇게 말한 앙드레가 냉장고로 다가가더니, 냉장고 안에서 무엇인가를 꺼내 들었다.

은색으로 만들어진 통.

그것은 도진에게도 익숙한 것이었다.

식당에서 주로 남은 재료들을 보관하거나, 뷔페 등에서 음식을 담아 놓는 통이었으니까.

앙드레 세프는 그 상자의 뚜껑을 열더니, 이내 무엇인가를 꺼내 들었다.

"계란이군요?"

그가 꺼내 든 것은 계란이었다.

도진은 그런 그의 의도를 모르겠다는 듯, 고개를 갸웃이면서 물었다.

"맞습니다. 정확히 말하면 완전히 익히지도, 그렇다고 안 익힌 것도 아닌 상태죠. 한국에서는 이런 상태를 보고 수란이라고 하더군요."

도진이 고개를 끄덕였다.

저 계란의 정체에 대해서는 이해가 됐지만, 아직 그가 왜 자신을 여기에 왜 불렀는지는 잘 이해가 가질 않았다.

도진이 이에 대해 물어보려는데, 앙드레가 선수를 가져갔다.

"저는 한국에서 이 계란을 맛본 이후, 이 계란에 완전히 빠져 버렸습니다. 때문에 이것으로 어떻게든 음식을 만들어 보려고 했는데, 그게 영 쉽지는 않더군요."

"제게 하시려는 부탁이 설마 메뉴 개발입니까?"

"하하, 설마요. 그렇게 제가 염치가 없는 사람은 아닙니다."

그렇게 말한 앙드레가 찡긋 윙크를 해 보인다.

못해도 50대는 될 법한 아저씨가 윙크라니.

도진은 어색하게 웃으며 물었다.

"그럼 제게 부탁하려는 부분이 어떤 부분입니까?"

"단순합니다. 이 수란을 가지고 어떻게 활용할 수 있는지에 대해서 알려 주셨으면 좋겠습니다."

요컨대 자신이 빠진 재료의 맛을 어떻게 하면 한계까지 그 맛을 끌어 올릴 수 있는지 묻고 싶었다는 건가.

"그럼 원래 셰프께서 먹고 빠지셨던 음식으로 하시면 되지 않습니까?"

"하하…… 그렇게 쉽게 해결이 되나 싶었는데, 아시다시피 에스큐어는 정통 프렌치를 밀고 나가는 중이기에 그렇게 되면 장르가 파괴되어 버립니다. 해서, 고민 중이었습니다. 어떻게 하면 이 완전히 익히지도 덜 익지도 않은 계란의 맛을 완벽히 살려 낼 수 있을까 하는 부분에 대해서요."

도진이 고개를 끄덕였다.

코스는 아무 의미 없이 만들어지지 않는다.

각자가 의미를 가지고 있었고.

그 의미가 이어지며 연결되고 통일되는 특징을 가지고 있었다.

여기서 만약 전혀 다른 장르의 요리를 넣게 된다면 어떻게 될까.

앞에서 먹은 음식의 감동은 물론, 뒤의 음식까지 영향이 가겠지.

그렇기에 앙드레는 고민하고 있는 것이었다.

어떻게 하면 이 수란이라는 식재료를 이용할 수 있을지에 대해서.

"만약 이 방법을 제게 알려 드리면 오늘 먹은 음식은 전부 제가 사고, 덤으로 와인까지 한 병 선물로 드리겠습니다."

그 말에 한나의 귀가 쫑긋 세워졌다.

오늘 먹은 음식의 가격은 약 1,200유로.

한국 돈으로 치면 160만 원이 훌쩍 넘어가는 금액이다.

그런 금액을 공짜로 해 주는 것도 모자라 와인까지 한 병 무료로 주겠다니.

당연히 구미가 안 당길 수가 없는 제안이었다.

도진이 입을 열었다.

"좋습니다. 단, 저도 몇 가지 말씀드릴 게 있습니다."

"뭔가요?"

"일단 제가 해 드릴 수 있는 것은 어디까지나 길라잡이 정도의 역할입니다. 메뉴 개발이라든가. 그런 영역은 할 수 없다는 것입니다."

"알고 있습니다. 당연한 거죠."

메뉴의 개발은 어디까지나 셰프의 영역이다.

그것을 제3자가 한다는 것은 셰프에 대한 존중이 부족하다는 것이 된다.

같은 셰프로서 존중해야 할 선이 있었기에, 도진은 그것은 거부하겠다 말했고, 앙드레는 이 사실을 흔쾌히 받아들였다.

"그리고 한 가지 더 추가하자면, 식재료의 활용까지는 알려 드릴 수 있어도, 그것을 똑같이 활용하지 않았으면 좋겠습니다."

"그 정도야."

마찬가지로 단번에 허락하는 앙드레.

도진은 그런 그의 말에 고개를 끄덕이곤 입을 열었다.

"좋습니다. 제 조건은 이걸로 끝입니다."

"더 조건을 붙이진 않는군요? 로열티라도 요구할 줄 알았는데."

"같은 업계에 있는데 어떻게 그런 짓까지 하겠습니까? 그저 제 레시피가 보호되기만 하면 그만입니다."

"그런가요."

앙드레가 빙긋 웃었다.

돈에 미친 셰프들도 많은데, 적어도 자신의 앞에 있는 남자는 그렇지 않다는 사실에 미소를 지으면서.

"자, 문제를 알려면 문제를 직면해야겠지. 일단 내가 먼저 요리를 할 테니, 한번 문제점을 지적해 주면 좋겠습니다."

"네, 알겠습니다."

도진이 고개를 끄덕인다.

본의 아니게 자문위원이 된 꼴이었으나.

미슐랭 3스타의 어깨에 약간의 짐을 씌울 기회가 생겼다는 사실에 미소를 지으면서.

다음 권으로 이어집니다